LE TOMBEAU D'ÉTOILES

Maxence Fermine est né le 17 mars 1968. Il a vécu à Paris avant de partir travailler dans un bureau d'études en Afrique. Aujourd'hui, il est installé en Haute-Savoie avec sa femme et ses deux filles. Parmi ses nombreux romans, citons *L'Apiculteur* (Prix del Duca et Prix Murat en 2001), *Opium* et *Amazone* (Prix Europe 1 en 2004).

Paru dans Le Livre de Poche :

AMAZONE

L'APICULTEUR

BILLARD BLUES

LE LABYRINTHE DU TEMPS

OPIUM

TANGO MASSAÏ

MAXENCE FERMINE

Le Tombeau d'étoiles

ROMAN

ALBIN MICHEL

ISBN : 978-2-253-12459-7 – 1re publication LGF

Pour ma mère.

J'ai tant rêvé de toi
que tu perds ta réalité.

Robert DESNOS.

Je me suis toujours demandé s'il fallait raconter cette histoire. Lorsque j'y songe, tout cela ressemble à un naufrage. Il y a d'abord les souvenirs teintés de remords et de désespoir, souvenirs amers que je croyais à jamais enfouis dans les limbes de ma mémoire, adoucis, effacés même par le temps et l'oubli. Les blessures et les meurtrissures, les traumatismes, les choses tues, les interdits et les non-dit, ces océans de tristesse où l'on s'abîme à force de silence. Enfin il y a les albums de photographies anciennes que l'on feuillette en sachant toutefois que, dès la première page, les parfums du passé vous sauteront au visage et vous enivreront d'une fragrance mélancolique trop longtemps contenue.

Il faut parfois se faire violence pour faire resurgir des archives de la mémoire ce qu'elles contiennent de plus sombre, et exposer en pleine lumière ces zones d'ombre que l'on croyait ensevelies pour toujours.

Jusqu'à la mort de Roche, ce témoignage m'aurait paru indécent. Lui qui avait vécu tout cela, qui en était le principal protagoniste, n'en parlait jamais. C'était un accord tacite entre le monde et lui. Sa manière de se protéger et de se forger une carapace en apposant sur ces journées d'effroi le sceau du secret.

Julien Roche. Un homme d'une belle trempe, comme ses aïeux l'avaient été avant lui. De la race des solitaires, qui ne demandait rien à personne, et surtout qui n'attendait rien. De lui ou des autres. Un loup sorti de la meute. Et qui ne l'a jamais rejointe.

C'était mon ami. Peut-être l'unique. Qui peut savoir ces choses-là ? On croit longtemps vivre entouré de gens, de proches, d'une famille aimante. A force d'habitude, on se croit préservé à jamais du malheur et de la solitude, pièce indispensable dans la grande mosaïque du monde. Et puis, un jour, la mosaïque se fendille et les joints éclatent, jusqu'à ce que chacune des pièces qui constituaient cette étrange fresque humaine s'isole un peu plus des autres. Alors on se retrouve seul face à son reflet dans le miroir, seul dans le cortège des jours qui défilent, et on comprend qu'il n'en était rien.

Les Roche. Des gens de parole et de caractère, durs à l'ouvrage et peu causants. Dans le village, ils étaient connus pour leur probité, leur sens du devoir et leur mutisme inébranlable. Sans doute avaient-ils été forgés d'éclats de silence sur l'arête desquels, parfois, nos paroles venaient glisser sans vraiment les atteindre.

Antoine Roche, le père, avait connu la grande guerre, celle de 14. Il avait fêté ses vingt ans à Verdun, sous les bombes. Forcément, cela lui avait tanné le cuir et raffermi le cœur. Il en était revenu avec la croix d'Honneur, un bras en moins et cette manière bien à lui de vous regarder comme s'il savait combien l'âme humaine est entachée de salissures. Il avait gardé de ce passé martial une amère désillusion sur l'humanité, et l'idée tenace que la vie n'est qu'une vaste mascarade, un théâtre immonde rempli de soldats, de miséreux et d'assassins.

Son fils était du même acabit. Par nature, il ne s'épanchait guère et se méfiait des autres. Taciturne, il se complaisait dans les étendues glacées de l'hiver des sentiments. D'ailleurs il n'a jamais confié à qui que ce soit cette histoire. Ce n'est pas qu'il manquait de vocabulaire ou d'une certaine culture. Il aurait sans doute trouvé les mots justes pour raconter à ma place. Mais comme son père, au sortir de la guerre de 14, il éprouvait de la pudeur à raconter ce qu'il avait vécu.

Julien Roche n'est pas le seul que je vais tenter de ressusciter dans ces lignes. Il y a tous les autres, les victimes de ces jours obscurs que la douleur et les larmes ne nous rendront pas. Ces hommes et ces femmes de majesté à qui je dédie ce livre qu'ils ne liront jamais. Ceux-là, je désire les faire apparaître un à un, chacun sous une lumière différente, comme si j'étais l'ordonnateur d'une partie infime de leur existence et que je voulais les voir défiler devant moi, une dernière fois, tel un metteur en scène de théâtre regardant jouer ses acteurs pour une ultime représentation.

Mais par-dessus tout, il y a une femme que je désire évoquer dans ces pages parce que son souvenir m'obsède au-delà de tout ce qu'il est possible d'imaginer. Une femme que j'ai connue il y a bien longtemps, et qui compte plus que toutes les autres. D'elle, il me reste une photographie que je regarde chaque jour que Dieu fait, et qui m'est chère. Sur ce cliché un peu jauni, presque passé à force d'avoir été usé par mes caresses et mon regard, je parviens encore à distinguer un visage d'une incroyable pureté et qui respire la bonté. Un visage si beau que, pendant longtemps, j'ai cru y voir la preuve de son immatérialité. Comme si elle n'avait jamais existé ailleurs que sur ce papier argenté, enfantée par la magie d'un artiste dont le génie aurait été de photographier les esprits.

Cette femme portait un nom qui peut paraître un peu désuet, mais qui demeure si chargé d'émotion que, aujourd'hui encore, je ne peux le prononcer ni l'entendre sans en avoir les larmes aux yeux. Ce nom, ce beau nom, c'est Eléonore Verdussen.

Pendant des années, j'ai tenté d'effacer son visage de ma mémoire et de noyer l'histoire qui me liait à elle dans un grand lac de silence. Je ne voulais rien dévoiler de ce que nous vécûmes ensemble, et surtout de ce que nous ne vécûmes pas. Je ne voulais rien dire de ce que nous dûmes endurer, respecter toute cette souffrance, cette douleur et ce chagrin. J'avais la sotte vanité de croire que je pouvais oublier. Et aussi l'impression désagréable, en m'épanchant, de remuer les cendres d'une histoire vieille d'un demi-siècle. En quelque sorte, de trahir un secret.

Mais la vérité est tout autre. Je me voilais la face et, par lâcheté, je fermais les yeux sur tout un pan de mon existence.

Maintenant que les morts sont bien morts et que je suis seul parmi les vivants, la question du secret ne se pose plus. Lentement, un à un, tous les vestiges anciens resurgissent, comme une épave qu'on renfloue. Une épave remplie de petites lueurs tremblotantes venues des eaux noires du passé et qui, lentement, remontent à la surface de ma mémoire.

Alors il me faut à mon tour témoigner, avant que ces lueurs ne s'éteignent une à une, et que tout ne sombre et ne disparaisse à jamais dans les crevasses du temps.

Tout d'abord, il y a eu ces jours maudits. Ces journées du mois d'août 1944 où le monde s'est écroulé autour de moi, comme une pierre qui se descelle d'une paroi et entraîne dans sa chute tout un édifice. J'étais jeune alors, sans dégoût de l'existence, tel un soldat à l'aube d'une bataille et qui traverse d'un cœur léger une lande de terre encore vierge sans savoir qu'elle sera bientôt entachée de sang et qu'elle deviendra son tombeau. J'allais sans crainte vers mon avenir, enivré de ce philtre sournois qu'est l'espoir, croyant encore tenir dans ma main la clef de l'Eden alors que c'était celle des enfers.

C'est le 14 août que tout a basculé. La tuerie. L'horreur sans nom. La barbarie. Je dis la barbarie, bien qu'il se soit passé ailleurs des choses plus graves en ces temps de démence, des déportations, des exécutions d'enfants, des meurtres raciaux, bien loin de chez nous, dans un ailleurs improbable auquel nous n'avions pas accès. Mais, dans le pays, cette tragédie a suffi à semer l'effroi pour plusieurs générations.

Car il s'agissait bien d'une tragédie. Ils étaient quatre, au départ, quatre jeunes du village qui n'avaient rien fait mais qui se trouvaient là où il ne fallait pas, au moment où il ne fallait pas, et qui ont été expédiés *ad patres*. Cela faisait donc quatre victimes.

C'était quelque chose d'horrible, mais commun en temps de guerre. C'est ensuite que ça s'est corsé, quand on a retrouvé les corps une semaine plus tard. Loin, bien loin d'ici. A des kilomètres du village. Vers le Pont Royal, qui fut bombardé peu après, et où ils avaient été arrêtés dans leur dérive par des branchages. Des corps à peine reconnaissables tant ils avaient séjourné longtemps – plus de cent soixante heures – dans les eaux glacées de l'Isère. Je dis que ça s'est corsé parce que, de quatre corps au départ, il n'y en avait plus que trois à l'arrivée. Où était passé le quatrième ? Ils ont eu beau le chercher, ils ne l'ont jamais retrouvé. Pas plus les policiers que le maire, les pompiers ou les Allemands. Disparu, ont-ils fini par conclure.

Le jour de l'enterrement, pourtant, il y eut quatre cercueils. Et bien alourdis, ceux-là, par le poids de quatre cadavres. Mais le quatrième n'était pas celui qu'on attendait. Plutôt un invité de dernière minute. Et qui aurait dû porter le numéro cinq.

Il en manquait donc un. Que le fossoyeur n'enterra jamais, et pour cause. Sans compter que le cinquième décès ne fut jamais élucidé.

Tout cela, je le sais, a l'air bien compliqué vu du dehors. Mais je peux vous dire que tout paraît simple quand on connaît la vérité.

A cet enterrement, il y avait tout le village, l'abbé Presset en tête et nous autres derrière, la tête basse et l'œil humide, le suivant comme des moutons de Panurge. Celui-là arborait la mine sinistre qu'il affichait en toute circonstance et, comme s'il tentait de chasser des démons invisibles, agitait à grands gestes son goupillon autour de lui, dessinant dans le ciel d'été de grandes arabesques d'or. Un peu en retrait s'activaient les enfants de chœur munis de leur encensoir, ânonnant des *Te Deum* et des *alléluias* à n'en plus finir. Puis venaient les officiels : le maire et ses conseillers, dignes et graves, le visage fermé et l'œil sombre, précédés du préfet qui, vu les circonstances, avait fait le déplacement depuis Chambéry. Tout ce beau monde était suivi des bigotes qui pleuraient et priaient tout à la fois, ce qui leur demandait beaucoup d'énergie et ressemblait à des effets de théâtre. Enfin, parmi la cohorte des anonymes, s'avançait Eléonore Verdussen, cachée sous sa mantille noire, et qui paraissait aussi triste que si elle suivait son propre enterrement. Elle tenait sous son bras un sac à main en cuir de Russie, lequel contenait une bague de fiançailles dans un écrin de soie rouge. Une bague qu'elle ne porterait jamais. Et moi, juste derrière elle, enfermé dans mon silence et qui n'ai rien fait pour atténuer sa peine. Alors que j'avais des confidences à lui faire.

J'aurais pu lui apprendre bien des choses ce jour-là, mais je ne l'ai pas fait parce que je n'avais pas le cœur à m'épancher. Il faut me comprendre. De toute manière il était trop tard. Trop tard pour nous deux. Trop tard pour tout. Et surtout pour parler.

Ce n'est pas par méchanceté que j'ai agi ainsi. Encore moins par vengeance. Non, c'était par chagrin. Pour moi aussi, c'était un bien triste enterrement.

Car j'ensevelissais tout à la fois mon meilleur ami et mon premier amour.

Mais avant d'évoquer cette tragédie qui nous marqua au fer rouge, il me faut remonter plus loin encore. Je crois que je ne pourrais rien expliquer sans cela. Puisqu'il faut tout dire, tout avouer, que ce soit par le commencement.

Je ne veux rien occulter, rien dissimuler. Je dois fouiller mon âme, revenir aux racines qui ont fait de moi cet homme seul que je suis désormais.

Dans chaque constellation, il existe des étoiles disparues depuis des siècles et qui pourtant luisent encore. Dans chaque vie, il y a ces mêmes étoiles composées de réminiscences. Ce sont elles que je veux faire revivre aujourd'hui.

Ce qu'il faut savoir pour expliquer toutes ces années de mutisme et d'enfermement, c'est que j'ai passé l'essentiel de ma vie dans un pays de montagnes, entre le massif des Bauges et celui du Beaufortain, au cœur de la Combe de Savoie. Un pays où l'on parle peu et où, bien souvent, on emporte les secrets dans la tombe. Ici, l'horizon est un tableau dont les teintes et les couleurs changent au gré des saisons, comme pour mieux tromper l'attente de ceux qui l'observent et veulent en percer les secrets. Printemps gris, été vert, automne rouge et hiver blanc. Parfois la nature se joue des hommes en leur offrant un décor différent, comme pour leur prouver qu'ils ne la posséderont jamais. La Savoie est un diamant d'une eau rare et d'un éclat vif qui conserve sa rugosité et sa beauté lumineuse, comme si la main de l'homme ne l'avait pas encore poli.

Aujourd'hui encore, lorsque je me promène dans ces forêts, que je parcours les versants de cette vallée, j'ai l'impression de vivre dans un lieu de mystère. Cette impression m'assaille à chaque fois que j'emprunte le chemin botanique de la Ramaz au-dessus du col de Tamié et que j'observe en contrebas l'abbaye, belle et imposante, perdue entre la pointe de la belle étoile et les crêtes enneigées de la Sambuy, semblable à une déesse de neige et de brume.

Les hommes de ce pays sont à l'image des sommets qui les entourent et les isolent du reste du monde. Généreux et francs, mais difficiles à aborder. Il faut souvent des années pour les connaître et davantage encore pour gagner leur confiance. Des décennies. Des siècles. Parfois l'éternité.

Je suis, il faut bien le dire, d'un pays de taiseux.

Et pourtant, je ne suis pas originaire d'ici. Que je le veuille ou non, je ne serai jamais vraiment du pays.

Mon grand-père paternel, Adolphe Vandœuvre, est né loin des montagnes, à Givet, dans les Ardennes françaises. C'était en 1838, à une époque si ancienne qu'elle m'a toujours paru irréelle. Un autre siècle. Quant à ma grand-mère, Julie Desreux, elle vit le jour en 1850 à Templeuve, près de Lille. Ce sont des lieux que je ne connais pas et que, sans doute, je ne connaîtrai jamais. Cela me semble si loin, dans la distance comme dans le temps. Presque inaccessible.

C'est à Templeuve qu'ils se sont rencontrés. J'imagine ce bourg du Nord où il a dû tant pleuvoir pour qu'on l'appelle ainsi, mais où la vie certainement fut belle malgré ses habits de misère. J'ai conservé de cette petite ville quelques cartes postales au parfum suranné, dont l'une, plus particulièrement, me touche. Elle montre une rue pavée où s'agglutinent quelques gavroches devant un établissement nommé *A la Tour Eiffel*. Peut-être est-ce cela qui leur donna l'idée, un jour, de s'en rapprocher.

Lui était ébéniste, elle ouvrière en confection dans

une usine de filature. Chassés par la crise industrielle qui sévissait un peu partout dans la région et faisait fermer une à une les usines, mes grands-parents quittèrent Templeuve à peine mariés et s'installèrent dans le 10ᵉ arrondissement de Paris où ils ouvrirent une petite boutique d'ébénisterie, au 21, rue des Petites-Écuries. Là, mon grand-père se fit bientôt connaître comme décorateur de loges de théâtre et de scènes d'opéra. Il demeura toute sa vie un artisan de renom. Cet Adolphe Vandœuvre que je ne connus jamais – il mourut lorsque j'avais un an – était également un excellent musicien. C'est d'ailleurs grâce à lui que mon père apprit le violon, et qu'il devait plus tard embrasser une furtive carrière de second violon à l'Opéra de Paris.

Mon père, Maurice Vandœuvre, fut enfant de chœur à l'église de la Trinité où, à défaut de trouver une vocation religieuse, il s'initia au sacré et en particulier à la musique. Car c'était avant tout un artiste et un parfait exécutant qui passa ses longues années d'adolescence à étudier le solfège et à faire des gammes sous l'égide d'un professeur intransigeant qui n'était autre que mon grand-père. Par malheur, de constitution fragile, élevé dans une soupente sans chauffage et sans aération dans ce Paris de la fin du XIXe siècle où les épidémies existaient encore, il connut très tôt des troubles de santé qui contrarièrent sa vocation musicale.

Dès qu'il fut en âge de prendre un emploi, il abandonna la musique – sans toutefois abandonner le violon – et débuta une carrière de voyageur de commerce auprès de la maison *DESORES et Cie, parfums, baumes et onguents*, une importante société parisienne de parfumerie qui, à cette époque, était à son apogée. Chargé de parcourir l'Europe pour récolter et acheter les meilleures essences florales destinées à la composition des parfums, mon père prit peu à peu son essor et recouvra une santé qui, à défaut d'être bonne, resta stationnaire tout au long de cette vie de bohème et d'errance.

Au printemps 1914, il fut atteint d'une pneumonie dont il eut beaucoup de mal à se remettre, ce qui lui permit toutefois, au terme d'une longue convalescence, d'être réformé de l'armée et d'échapper au désastre de la Grande Guerre. Pendant toutes ces années noires, il se noya dans le travail et voyagea comme un forcené, tentant de justifier par le labeur la chance qui lui avait été donnée d'être préservé du malheur.

Ce ne fut pourtant pas lors de l'un de ces nombreux voyages que sa vie prit un tour différent, mais à Paris, boulevard Malesherbes, où, un beau jour de mai 1919, il aperçut une femme assise sur le banc d'un jardin public. Cette femme brodait en silence, sans se préoccuper de l'agitation autour d'elle, comme prise dans une bulle la protégeant du monde extérieur. Mon père, intrigué, s'assit à ses côtés et la contempla pendant de longues minutes sans qu'elle prît conscience de sa présence.

Elle avait de grands yeux bleu clair qui lui mangeaient la figure, de toutes petites mains fines et appliquées dont elle se servait avec une dextérité étonnante, un port de tête altier et, sur son visage, les traces de blessures et de chagrins que la vie avait déposées peu à peu.

Cette femme, c'était ma mère.

Elle se nommait Jeanne Boisson et était originaire de Savoie. Plus exactement de Biorges, un hameau situé près de la Bathie, à l'entrée de la vallée de la Tarentaise, où elle était née en 1878. C'était une enfant de paysans, de composition robuste, qui n'avait jamais rien fait d'autre de sa vie que de travailler du matin au soir, comme une bête de somme. Elle avait passé ses premières années auprès d'un père autoritaire qui la destinait à garder les chèvres à l'ombre du château de Chantemerle, et ne l'avait emmenée qu'une seule fois à Albertville dans toute son enfance. Plus aventureuse que beaucoup d'autres jeunes filles de sa condition, elle brava pourtant très tôt l'autorité familiale et, dès qu'elle eut quinze ans, quitta son village pour Paris où l'attendait un emploi dans une maison bourgeoise des beaux quartiers. Là, elle fut tour à tour femme de chambre, cuisinière et gouvernante.

Lorsqu'elle rencontra mon père, sa vie était, pour une bonne part, derrière elle. Elle avait eu, d'un premier mariage, deux fils dont l'aîné était mort dès les premiers jours de la guerre de 14.

Ce fils s'appelait Emile. Emile Lemarchand. Il

n'avait pas encore vingt ans lorsqu'il fut envoyé, comme beaucoup d'autres jeunes gens de son âge, combattre un ennemi qu'il ne connaissait pas et qu'il n'eut guère le temps de connaître. Un jour d'octobre 1914, Jeanne reçut une lettre émanant des services de l'État-Major des armées, et qui annonçait son décès. Emile Lemarchand était mort sur les bords de la Meuse, éventré par un obus, lors des premiers assauts d'une guerre qui n'en était encore qu'à ses prémices. Je crois me souvenir qu'il n'avait même pas eu le temps de recevoir son affectation militaire. Première bataille, et déjà il n'était plus. Désormais, il était considéré par l'armée et la population comme une gloire nationale : un des tout premiers soldats à avoir fait don de sa personne à la France. Ce qui ne servait à rien, si ce n'est à tenter d'atténuer une souffrance bien grande par des paroles d'héroïsme.

Elle le pleura longuement, ce fils aîné qui était parti beaucoup trop tôt. Comme pour mieux accentuer sa douleur de mère, elle ne put assister à ses funérailles. On l'avait enterré sur place parce que son cadavre avait été jugé intransportable. L'officier qui avait rédigé la lettre avait cru bon de stipuler qu'Emile Lemarchand était mort sur le coup. En quelque sorte, il n'avait pas eu le temps de souffrir. Maigre consolation. Ma mère, elle, en aurait tout le loisir.

Pour comble de malchance, le premier mari de ma mère, Auguste Lemarchand, disparut lui aussi dans les tranchées. Ce fut deux ans plus tard, dans l'horreur du printemps 1917, au terme d'une guerre qui n'en finissait pas. Un matin d'avril, sous un ciel de mitraille, il chargea avec sa compagnie d'infanterie vers la crête de Vimy, une colline déjà rougie par le sang de nombreux soldats qui y avaient péri pour rien. Il n'en revint jamais. Le lendemain de l'assaut, les brancardiers de la Croix-Rouge ramenèrent les corps des victimes, excepté le sien. Car contrairement à son fils aîné, on ne retrouva jamais son cadavre. Auguste Lemarchand fut l'un des nombreux disparus de la guerre de 14, ceux dont on ne sut jamais s'ils étaient morts au combat ou s'ils avaient déserté. S'ils étaient des héros ou des traîtres. Tout ce qu'on savait d'eux, c'est qu'un beau jour, ils s'étaient volatilisés sans laisser derrière eux la moindre trace.

Ma mère n'eut donc pas le statut de veuve de guerre. Elle ne l'obtint que beaucoup plus tard. Pour tous, pendant très longtemps, elle demeura une femme mariée, même si c'était à une ombre.

A défaut de devenir veuve, l'administration contourna le problème en lui accordant le droit de divorcer. Puisque personne ne pouvait prouver que son mari fût mort, et qu'il pouvait resurgir un jour – cela s'était déjà vu à maintes reprises, des revenants il y en a ailleurs que dans les contes –, il ne lui restait plus que cette solution. Se séparer officiellement de ce fantôme encombrant. Divorcer d'un disparu. Ce qu'elle fit bien malgré elle, même si elle savait qu'on ne revient jamais des tranchées.

Mes parents s'unirent civilement quelques mois après leur rencontre, puisque l'église n'accorde pas à une divorcée le droit de se remarier devant Dieu. Malgré cela, le 19 décembre 1921, je vins au monde. Comme si Dieu ou les hommes qui prétendaient le servir ne pouvaient rien contre l'amour. C'était, pour mes parents, la plus belle revanche à prendre sur la vie. Et soudain l'espoir se mit à renaître dans leurs cœurs.

Il restait pourtant un problème à régler : déménager. Car l'appartement parisien était trop exigu pour trois personnes. Ils trouvèrent un nouveau logement à Soisy-sous-Montmorency, dans l'Oise, où je vécus mes premières années. Mais pour eux, il ne s'agissait que d'une étape de transition. Ma mère parlait souvent de sa Savoie natale à mon père, un lieu où l'on respirait l'air pur des montagnes. Et ce dernier, dont la santé restait toujours un sujet d'inquiétude, se prit à rêver d'y habiter un jour, avec l'impression tenace que se trouvait là son salut.

En 1923, grâce à leur incessant labeur, mes parents économisèrent assez d'argent pour donner matière à leurs rêves. Sur un coup de tête, ils rassemblèrent leurs affaires, entassèrent leurs meubles dans un camion et prirent la route d'Albertville. Là, à Gilly-sur-Isère, au pied d'une haute montagne du massif des Bauges, ils achetèrent une grande bâtisse savoyarde.

Lorsque mon père en fit l'acquisition, ce n'était qu'une grange dont la couverture de chaume avait brûlé peu auparavant, embrasant tout le reste du hameau d'Aidier, et dont il ne restait qu'une enfilade de pièces noircies par la suie. Il fallut la rénover entièrement avant de pouvoir l'habiter, recouvrir le toit d'ardoises, jointoyer les murs à la chaux, refaire les planchers, les parquets, le carrelage et les peintures. En somme, tout remettre à neuf, excepté la cave, le grenier et l'atelier qui demeurèrent en l'état pendant de longues années.

Cette maison qui est aujourd'hui la mienne et dans laquelle j'écris cette histoire.

J'étais donc le troisième enfant de ma mère. Deux fils, l'un né en 1895 et l'autre en 1901, m'avaient précédé dans son ventre, prenant une place dans son cœur bien avant moi. Même si, en fin de compte, ils avaient eu moins de chance dans la vie.

Je ne sus jamais rien de l'aîné, cet Emile qui était mort à la guerre et dont ma mère ne parlait jamais. Une simple photographie, emprisonnée dans un lourd cadre de bois posé au-dessus de la cheminée entre une corbeille remplie de pommes de pin et un chandelier en argent, nous rappelait à son souvenir. Elle montrait un adolescent aux yeux clairs et aux cheveux ras qui semblait insouciant et heureux de vivre. Il y avait également, conservés dans une boîte en fer, quelques papiers et effets personnels – une médaille de baptême, une croix de premier communiant, une montre à gousset, quelques lettres d'une écriture fine et serrée, un certificat militaire ainsi que l'avis de décès –, effets qu'elle contemplait comme des reliques sacrées à chaque date anniversaire de sa disparition. C'était tout ce qui subsistait de lui. Le reste s'était envolé avec le temps.

Je ne connus que le plus jeune, Pierre, lorsqu'un jour vint chez nous un gaillard d'une trentaine d'années que je crus être un cousin éloigné. Il était de taille moyenne, trapu, mais fort bien bâti. Il avait des mains larges comme des battoirs, le torse d'un athlète de foire et l'œil sombre du boxeur avant le combat. Il ne souriait ni ne riait jamais, était très sanguin et entrait souvent en conflit avec tout le monde pour des vétilles. Je me souviens qu'il fumait sans cesse des cigarettes sans filtre et ne parlait qu'à voix forte, comme si nous étions sourds. Sans doute était-ce à force de travailler près du souffle des grandes forges de l'usine d'aciérie qui l'employait. Je ne le trouvai guère sympathique et, malgré mon jeune âge, compris qu'il ne m'aimait guère. J'appris bien plus tard qu'il était mon frère. Un frère que je ne connus jamais vraiment.

Il demeurait loin de chez nous, dans le Nord de la France, où il avait fondé une famille que nous ne vîmes jamais. Parfois, il nous rendait une petite visite en été. Il restait une journée ou deux, pas davantage. Il était toujours pressé. Il avait toujours à faire ailleurs.

Et puis, avec le temps, ses visites s'espacèrent et, une année, on ne le revit pas. J'appris par la suite que mes parents s'étaient brouillés avec lui, à cause d'une histoire d'héritage ou d'argent, ou les deux, je n'ai jamais su au juste. Mais, en vérité, je crois que s'y mêlait un peu de jalousie.

Je ne l'ai jamais revu, ce Pierre Lemarchand. Je ne sais même pas s'il est toujours en vie aujourd'hui. Je pense que non. Cela lui ferait cent ans. Cent ans, c'est beaucoup pour un homme qui a traversé deux guerres et bien des chagrins.

Dans toutes les vies, il existe des parts d'ombre qu'on tente de gommer à force de temps et d'oubli. La sienne était peut-être d'avoir eu un père et un frère partis trop tôt.

Le jour où mes parents tentèrent de s'unir religieusement en l'église de Gilly-sur-Isère, ils se heurtèrent à un mur d'incompréhension. L'abbé Presset, le curé de notre village, refusa de les marier sous le prétexte fallacieux que ma mère n'était pas officiellement veuve mais *administrativement divorcée*. Il employait ce terme avec dégoût, comme s'il s'agissait de quelque évocation diabolique. Une divorcée. Une pécheresse. Une âme perdue. Ma mère n'y était bien entendu pour rien, mais pour l'abbé Presset, intégriste notoire, il n'existait nulle rédemption pour une faute aussi grave que le divorce, fût-il comme dans ce cas le fruit d'une pirouette de l'administration française.

Quelques années plus tard, lors d'un cours de catéchisme où nous devions nous mettre en rang pour recevoir l'absolution, je vis soudain l'abbé s'approcher de moi, m'empoigner avec rage et m'écarter du flot de mes petits camarades en hurlant comme un damné :

– Pas toi, malheureux, tu es fils de divorcée !

Ce jour-là, je compris que, responsables ou non, enfants et adultes, nous étions tous coupables de quelque chose. Et, en premier lieu, d'être nés dans un monde où la bêtise humaine, la haine et la jalousie ont une trop large place.

Malgré cela, et malgré le différend qui nous opposait au curé du village, mes années d'enfance furent heureuses. Mon père trouva rapidement un emploi de comptable dans la société d'électricité Rhône et Savoie. Quant à ma mère, elle demeura à la maison sur laquelle elle régnait en souveraine, brodant, cousant, cuisinant, jardinant tout au long de la journée, heureuse de ce retour aux sources qu'elle avait longtemps cru impossible.

A défaut d'être fils unique, je fus un enfant solitaire. Et comme j'étais seul la plupart du temps, livré à moi-même lors des longs après-midi, la cour de la maison ainsi que le jardin potager constituèrent bien vite pour moi un extraordinaire terrain de jeux. J'avais la nette impression, sans doute instillée par mes parents et fortifiée par mon esprit indépendant, que je me trouvais isolé du reste du monde, tel un Robinson perdu sur une île inconnue.

A l'école communale, je ne me liais guère à mes camarades de classe. Je ne comprenais pas leurs jeux cruels, leurs moqueries, leurs jalousies.

Je passais mon temps à lire des récits de voyage et des romans d'aventures. Grâce à la bibliothèque de mon père, je découvris qu'on pouvait voyager à travers le monde sans jamais bouger de chez soi. Je me croyais astre parmi les astres, voguant dans l'immensité de l'imaginaire. Je voyageais dans l'azur des rêves d'un enfant de dix ans. Jusqu'au jour où je sus ce que voulait dire avoir un ami.

C'était un beau matin de septembre, lors d'une rentrée des classes un peu particulière car, pour la première fois de mon existence, j'allais vivre au pensionnat.

J'avais pris le car pour me rendre au collège situé à une dizaine de kilomètres de chez moi, conscient que, pour la première fois aussi, je ne reverrais mes parents qu'à la fin de la semaine. J'avais débarqué dans un monde inconnu où, d'emblée, tout m'avait paru hostile. J'étais seul au milieu d'une foule d'élèves que je ne connaissais pas et qui, pour la plupart, m'effrayaient.

Perdu dans l'immensité de la cour du collège qui me semblait beaucoup trop vaste pour abriter mes rêves, je vis s'approcher de moi et de mes onze ans un grand garçon qui en paraissait quinze tant sa stature était imposante. Je sus plus tard qu'il en avait douze, il était redoublant, ce qui faisait de lui le garçon le plus expérimenté de nous tous.

– Bonjour. Veux-tu jouer avec moi ? me demanda-t-il.

J'hésitai un instant dans la crainte qu'il ne me

proposât quelque échange pugilistique ou combat de lutte gréco-romaine dont je me serais relevé avec de nombreuses ecchymoses. Puis, jugeant préférable de ne pas le vexer, je répondis par l'affirmative.

– Oui, je veux bien.

Le visage massif de l'inconnu s'éclaira d'un sourire lumineux, sa main droite fouilla dans la poche de sa blouse et en retira un énorme sac de billes. Me le présentant, il l'ouvrit en grand et me fit miroiter les merveilles qu'il contenait. Il y avait là, scintillant à la lumière, des agates, des yeux de chat, des porcelaines. Je portai un regard étonné et admiratif sur le gardien d'un tel trésor.

– Eh bien, fis-je d'une voix enjouée, te voilà riche !

Quant à moi, pour toute fortune, je ne possédais que deux calots à demi ébréchés au fond de mon cartable, un butin qui me parut bien maigre en comparaison du sien.

– Je les ai toutes gagnées à mes anciens camarades, me confia-t-il avec une certaine fierté.

Cette affirmation, qu'elle fût vraie ou fausse, fit sur moi forte impression.

– Tu dois être imbattable à ce jeu.

L'inconnu grimaça, puis avoua :

– Question d'entraînement. Tiens, cette bille est pour toi.

Il me tendit une agate rutilante que je saisis aussitôt en le remerciant.

– Je m'appelle Julien Roche, dit-il enfin.

– Et moi Didier Vandœuvre.

Alors nous nous serrâmes la main tels deux amis se

retrouvant après de longues années de séparation, et je vis son regard s'illuminer à l'égal d'un vitrail d'église qui, sous l'alchimie du soleil, se change lentement en or.

Le pensionnat était composé de deux bâtiments austères, gris et froids, disposés à angle droit et délimités l'un et l'autre par une large cour faisant office de terrain de jeux. Le premier abritait le dortoir ainsi que le réfectoire, le second l'administration et les salles d'études. Seuls quelques marronniers égayaient un peu ce paysage d'une étonnante tristesse. C'est là, dans cette prison sans âme, que nous allions passer l'essentiel de notre temps, coincés entre quatre murs, comme des forçats de l'encre et du papier.

Tandis que je me morfondais à cette idée peu réjouissante, Roche me donna une petite tape sur l'épaule et déclara :

– Tu vas voir, on va passer ensemble une année formidable. En attendant, amusons-nous.

Il prit dans sa main trois billes de couleur qu'il lança sur le sol. Trois billes dont je vis les éclairs bariolés traverser la cour à grande vitesse. Par malheur, nous eûmes à peine le temps de commencer notre partie que la cloche se mit à sonner.

– Déjà, maugréa Roche. Comme le temps passe.

Un homme fit alors son apparition sur le perron de

l'école et, aussitôt, le silence se fit. C'était le proviseur du collège, Monsieur Favre, toujours tiré à quatre épingles et affublé de fines lunettes rectangulaires qui lui donnaient une allure sévère. Il avait une réputation d'intransigeance et de rigidité exemplaires et avait coutume d'être obéi au doigt et à l'œil. Il n'eut d'ailleurs qu'à incliner légèrement le menton pour signifier au surveillant général qu'il était l'heure de rassembler les élèves. Ce dernier, un ivrogne notoire dont la figure, par la force des choses, avait pris une belle teinte vermillon, avait cependant la reconnaissance du ventre. Il était toujours à l'affût du moindre battement de paupières de Monsieur Favre et hochait la tête au moindre de ses propos. Il saisit immédiatement son sifflet et souffla dedans à s'en décoller la plèvre, ce qui fit virer son visage au cramoisi et vibrer nos oreilles. Le cœur lourd, l'un après l'autre, nous nous rassemblâmes sous le préau. Dès que nous fûmes en rang par deux, le proviseur prit la parole :

– Messieurs, vous venez de faire votre entrée au pensionnat Saint-François. Sachez qu'à partir de cet instant, vous devez vous plier aux règles de l'établissement. Les récalcitrants et les fortes têtes seront immédiatement punis et verront leurs permissions de sortie annulées.

Un long silence, puis il continua :

– A la moindre incartade, vos professeurs auront tout loisir de distribuer des blâmes. Au troisième blâme, l'élève se verra exclu de l'établissement. Les heures de colle, quant à elles, s'effectueront sous l'égide de Monsieur Garin.

Le proviseur jeta un regard furtif vers le surveillant général qui opinait du chef et reprit :

– Donnez le meilleur de vous-mêmes et vous serez récompensés. Fournissez des efforts constants, travaillez sans relâche et vous serez sauvés. Car n'oubliez pas que seules la volonté, l'abnégation et la rigueur sont profitables à l'homme. En attendant, messieurs, je vous souhaite une bonne année scolaire.

Atterrés, nous avions écouté ce discours avec beaucoup d'attention, conscients qu'à l'avenir les mots contraintes, devoirs et punitions allaient prendre tout leur sens. Tous les élèves présents dans la cour de l'école, à l'exception de mon ami qui ne se préoccupait guère de ce que le proviseur racontait et, imperturbable, continuait à soupeser son sac de billes. Par chance, personne ne le remarqua et, bientôt, on fit l'appel.

C'est ainsi que je me retrouvai dans la même classe que Julien Roche, assis au même banc d'écolier, et que notre amitié commença.

Notre professeur n'avait rien d'un mauvais homme. C'était une grande carcasse tout en os, avec un crâne en pointe et quelques cheveux grisonnant sur les tempes, doté d'un air de chien battu qui donnait envie de le plaindre en permanence. Pourtant il n'était pas marqué par cette tristesse absolue qu'ont certains et qui fait songer à un grand lac d'eau chagrine retenu par une peau flasque. Il ne manquait d'ailleurs pas d'un certain sens de l'humour, qu'il utilisait le plus souvent à ses dépens.

Lors de son premier cours, il nous en donna la preuve la plus flagrante :

– Bonjour à tous. Je suis votre professeur principal pour votre première année scolaire au pensionnat Saint-François. J'enseigne le français et le latin. Mon nom est Jules Bordelier.

Un éclat de rire secoua les élèves comme un tremblement de terre soudain. Le professeur, qui s'attendait à cette réaction infantile – sans doute y avait-il droit à chaque rentrée scolaire –, resta impassible. Le visage grave, il s'approcha du tableau, prit une craie et inscrivit son nom en lettres majuscules sur l'ardoise noire encore mouillée par endroits de grands traits d'éponge humide qui nuageaient devant nos yeux avant de disparaître comme par enchantement. Puis, se retournant vers nous, il annonça :

– Puisque cela vous amuse, nous allons nous prêter à un petit jeu. Prenez une feuille. Vous avez une demi-heure pour exercer vos talents littéraires. Ecrivez ce que vous voulez, un poème, un pamphlet, un texte en prose, à condition que mon nom y figure et que l'ensemble soit rédigé en français. Ensuite, seulement ensuite, nous passerons aux choses sérieuses.

Encouragés par cet homme plutôt original, nous ne nous privâmes nullement du plaisir de l'insulte sous sa forme écrite. Il régna, lors de cette première partie de cours peu académique, un chahut et une bonne humeur indescriptibles, comme si nous étions encore au cœur de l'été et que nos esprits battaient la campagne. Les élèves échangeaient leurs devoirs avec malice, devoirs dont certains, rivalisant d'ingéniosité, versaient dans la poésie la plus satirique.

– Eh bien ! fit remarquer Bordelier en découvrant le contenu de l'une des feuilles circulant dans la classe et qui déclenchait chaque fois un rire torrentiel, j'espère que vous ferez preuve de la même imagination et du même engouement pour les interrogations écrites qui surviendront par la suite.

Puis il fit soudain claquer sa règle sur son bureau et émit cette sentence qui nous glaça le sang :

– Très bien, la demi-heure est passée, ce qui veut dire que la récréation est finie ! A partir de cet instant, le premier qui fait encore allusion à mon nom recevra une paire de claques et se verra collé jeudi prochain toute la journée.

Un silence de plomb s'installa dans la salle de classe. L'été venait de toucher à sa fin. Désormais, nous étions au seuil d'une saison que nous ne connaissions pas encore, mais qui allait déboucher sur un hiver cruel, chargé de fardeaux, de punitions et d'ennui.

Seul Julien Roche, perdu dans ses pensées, n'entendit pas le professeur et continua à déclamer à voix haute sa version qui, en substance, disait ceci :

Un soir que Bordelier
Se rendait en gondole
Au bordel de Bandol...

Nous ne sûmes pas la suite car, dès qu'il comprit sa méprise, le malheureux se tut aussitôt et resta figé, comme surpris du silence qui avait entouré ses paroles.

– Je vous avais prévenu, fit le professeur, d'une voix étranglée.

Se levant prestement de sa chaise, il se dirigea à grandes enjambées vers le bureau de mon camarade, le saisit à l'oreille sans ménagement et le conduisit au tableau. Puis, le giflant violemment devant tous ses camarades, il le fustigea :

– Dorénavant, vous saurez que, lorsque je dis quelque chose, je veux être obéi immédiatement. Maintenant, réintégrez votre rang. L'heure des plaisanteries a cessé.

Julien Roche, loin de se démonter, eut encore le courage d'ajouter :

– C'était pourtant un beau poème.

Et, sous les regards admiratifs des élèves, il vint s'asseoir à mes côtés.

– Il n'y va pas de main-morte, le prof, lui soufflai-je à l'oreille.

Julien se tourna vers moi et, dans un demi-sourire, me répondit :

– Ce n'est rien. Deux claques n'ont jamais tué personne.

C'était sans aucun doute de l'orgueil car sa joue droite était empourprée comme un soleil couchant. On pouvait encore distinguer aisément l'empreinte de la main de notre professeur.

Je compris que j'avais à côté de moi un personnage étonnant et, tout à coup, je me mis à l'envier.

De nous tous, il était le seul à posséder un tempérament d'adulte.

Adulte, je le devins pourtant quelques années plus tard.

Le 2 septembre 1939, Valentine Fontbrune, la fille de nos plus proches voisins, qui était standardiste au bureau de poste d'Albertville, vit toutes les lampes du tableau des télécommunications s'allumer en même temps, comme si la terre entière était au téléphone. Elle crut un instant que la mécanique des transmissions s'était enrayée, que la machine était devenue folle. La vérité était tout autre. C'était le monde qui était devenu fou.

L'Allemagne venait de déclarer la guerre à la France.

Lorsque ma mère, occupée à éplucher des oignons grelots qu'elle s'apprêtait à plonger dans un bocal de vinaigre blanc, apprit la terrible nouvelle que la rumeur s'était empressée de divulguer, elle s'effondra en larmes sans savoir réellement si c'était elle qui pleurait ou si c'étaient ses yeux qui ne supportaient pas le parfum piquant des liliacées. Puis, une fois ses pleurs séchés, elle s'écria :

– C'est le temps du malheur qui revient !

Elle avait raison. Avec cette déclaration de guerre, tout recommençait comme avant, aux premiers jours de septembre 1914.

Dès lors, elle craignit pour nos vies, pour moi, pour mon père, pour elle. Elle avait connu tant de malheurs, traversé tant de moments d'angoisse qu'elle ne se sentait plus la force d'endurer encore une telle épreuve. Il lui semblait faire un magistral bond en arrière, au temps du cauchemar de sa première vie. Elle ne voulait pas nous perdre comme elle avait perdu son premier mari et son fils aîné.

Dès que la nouvelle fut officialisée à la radio et dans les journaux, ma mère crut devenir folle de douleur.

– Mon Dieu ! Je ne le supporterai pas une seconde fois ! prévint-elle en joignant les mains et en levant les yeux au plafond, comme si elle implorait le ciel. Puis, après avoir essuyé les larmes qui coulaient le long de ses joues rosies par l'émotion, elle se jeta dans les bras de mon père qui tenta de la consoler par des paroles douces et rassurantes :

– Ne t'en fais pas, Jeanne. Cette fois, nous sommes loin de Paris. Ici, rien ne peut nous atteindre.

– Que Dieu te donne raison, dit ma mère. Demain, j'irai brûler un cierge à l'église.

Le ciel dut l'entendre car je n'ai pas fait la guerre. Du moins, pas comme on pourrait le croire. Je suis de la classe 1921, celle qui ne vit jamais rien du front, des champs de bataille, des canons ni des camps de concentration. Je n'avais pas encore dix-huit ans au moment de la déclaration de 39. Je n'étais pas encore un homme, et cela me coûtait.

Ceux qui étaient à peine plus âgés que moi l'ont faite, eux, la guerre. Et pour de bon. Du moins, d'une certaine manière. Comme Julien Roche, mon ami d'enfance qui lui, plus âgé d'un an, a été mobilisé dès les premiers jours et cantonné dans le régiment colonial basé à Nîmes.

« Ce n'était pas le front de l'Est, dira-t-il plus tard lorsque nous nous retrouverons enfin, mais là-bas aussi ça chauffait. Pas à cause des Allemands, non, mais à cause de l'armée italienne qui nous canardait sans arrêt. Des Italiens, tu te rends compte. Des cousins, presque des frères pour le Savoyard que je suis. Comme quoi, on a les ennemis qu'on peut… »

Il devait ajouter :

« Ce n'était peut-être pas le front, mais il y avait le

froid, les privations, les épidémies, sans compter le risque de tomber sous les balles. Parfois, les sentinelles essuyaient des coups de feu venus on ne sait d'où, et elles ne se relevaient pas. Là-bas comme ailleurs, il y avait des morts. »

Julien Roche était agriculteur, aussi l'avait-on affecté aux transmissions. Tout ce qu'il y a de plus logique. Mais bon, c'était la guerre, personne n'aurait pensé à s'en plaindre et surtout pas lui. D'ailleurs, il n'était pas le seul à occuper un poste qui ne lui convenait guère. Dans la coloniale, il n'était pas rare que des menuisiers se retrouvent mécaniciens, et des mécaniciens cantiniers. Une vraie pagaille. Et qui avait duré jusqu'à la démobilisation générale en juin 40.

– Et l'Afrique, c'était comment ? lui avais-je demandé lorsque j'avais su son affectation.

– L'Afrique ? Quelle Afrique ?

– Comment ça, quelle Afrique ? Il n'y en a qu'une. Celle des anciennes colonies françaises.

– Oh ! celle-là ! Jamais vue.

– Pourtant tu y étais bien, dans la coloniale.

– Peut-être, mais les affectations, ça ne signifie rien.

– Tu veux dire que tu es resté tout ce temps en France ?

– Oui. Les seules colonies que j'aie jamais vues, c'est celles des poux qui infestaient nos chambrées !

– Les poux ?

– Ça c'est l'ennemi du soldat. Avec eux, c'est une drôle de guerre. Les poux, quand tu es debout, tu ne les sens pas. Mais couché sur le pucier, ça gratte de partout, tu ne peux pas imaginer. Faut faire bouillir toutes tes affaires, sans ça, tu ne fermes pas l'œil de la nuit…

Roche avait raison : c'était une drôle de guerre. Au sortir de cette expérience, il reçut de ses supérieurs l'ordre de rentrer chez lui et d'attendre. D'attendre quoi, personne ne l'a jamais su. Mais la messe était dite. Il n'irait pas au combat.

Quant à moi, je fus envoyé aux chantiers de jeunesse, quelque temps après. Les chantiers de jeunesse, parlons-en. Pas d'armes, mais du travail à revendre. Huit mois à couper du bois pour les gazogènes. Et tout cela au grand air, en forêt, quelque part dans le Vercors. Trois cents types par camp, des chambrées à n'en plus finir, des rires, des engueulades, de la vie en somme. Ce n'était pas les grandes vacances, mais ce n'était pas la guerre non plus. Et puis huit mois, cela passe assez vite. On aurait même fini par s'y habituer si on n'avait pas été en uniforme, tenus à une discipline de fer, avec des gradés qui vous criaient dessus toute la journée.

J'allais donc traverser ce conflit sans avoir tenu un fusil en main. D'ailleurs, je ne sais si j'aurais su m'en servir. En somme, j'ai eu de la chance.

Pourtant je ne parlerai pas de ces années-là. Tel n'est pas mon propos. Ce que je veux exprimer tient dans l'éventail de quelques jours d'un soleil d'été, radieux, alors que le conflit touchait à sa fin. Peut-être au plus fort de l'horreur parce que nous étions au paroxysme de la guerre et que nous ne le savions pas encore.

C'était l'été 44. Une saison couleur de cendre. Tout semblait en feu, les campagnes comme les villes, brûlées par un soleil trop ardent et une guerre qui n'en finissait pas. J'étais revenu au village. Les Allemands qui avaient longtemps imposé leur domination, semant la terreur, la peur et le désarroi parmi les populations, étaient désormais attaqués de toutes parts par les maquisards, ce qui rendait la situation encore plus confuse. Les représailles étaient nombreuses, les arrestations le lot quotidien, et l'espoir d'une paix prochaine un leurre. De jour comme de nuit, des fusillades éclataient et nous savions qu'il y aurait, le lendemain, quelques cadavres de plus pour le fossoyeur. Miliciens, Allemands et résistants se livraient leur guerre sans merci.

Malgré tout cela, il nous restait des moments de joie intense et de convivialité. Des moments d'émotions partagées qu'à aucun prix nous n'aurions échangés contre tout l'or du monde, tant nous en avions besoin pour continuer à vivre. Comme ces instants volés que nous passions Au Verre Galant, le café du village, au milieu d'éclats de rire, de gestes de fraternité et de témoignages d'amitié, et des verres d'alcool que nous levions à la face du ciel avec l'ostentation d'un condamné à mort montant sur l'échafaud. Chaque journée commençait là et bien souvent se prolongeait jusqu'au couvre-feu.

C'est dans ce café, je peux l'avouer, que j'ai passé les plus belles heures de ma jeunesse. En compagnie de Julien Roche et de quelques autres, de son frère aîné François, un grand gaillard aux cheveux tirant sur le roux, et à la voix si grave qu'elle semblait venir d'outre-tombe. De Silvin le charpentier, de Charvin, de Lafaille, de Chaboud, de Masson…

Ceux-là levaient le coude aussi facilement qu'ils parlaient de tout et de rien, du temps qui passe, de la guerre qui elle, en revanche, ne passait pas, et de leurs premiers pas dans la vie active. Les frères Roche travaillaient chaque jour aux champs, certains avaient décroché un premier emploi à la fonderie ou dans une quelconque usine des environs, les autres ne faisaient rien, ce qui déjà prend du temps, quant à moi je poursuivais mes études en attendant une bourse qui ne viendrait jamais. En somme, la vie déroulait sa pelote sans que nous n'eussions rien de bien extraordinaire à nous raconter, si ce n'est à propos du décolleté d'une jeune fille du pays qui, pour notre plus grand bonheur, venait à passer chaque matin sous nos fenêtres. Ce qui engendrait bien des commentaires :

– Cette fille-là, je l'embrasserais volontiers, dit un jour l'un d'entre nous.

– Tu n'es pas le seul.

– C'est vrai. On l'embrasserait bien tous, si elle se laissait faire…

– Mais je ne crois pas qu'elle voudrait.

– Non, c'est pas le genre facile, cette fille-là. En tout cas, elle s'en donne l'air…

– Et pourtant, intervint alors Julien Roche, moi je l'ai déjà embrassée. Et elle en a été très heureuse, de ce baiser. Elle en a souri d'aise, et elle me l'a même rendu.

Tous les regards se tournèrent vers lui, envieux ou admiratifs.

– C'est vrai, ce mensonge ?

– Ce n'est pas un mensonge mais la vérité.

– La vérité vraie ou celle que tu voudrais croire ?

– La vraie. Je peux le jurer.

Un temps, puis cet aveu plein de malice :

– C'était sous le gui, à Noël dernier. Cette fille-là, c'est ma cousine.

C'était cela, *le* Verre Galant. Je n'ai jamais très bien su pourquoi il se nommait ainsi. S'il y avait bien des verres comme dans tous les bars, il n'avait en revanche rien de bien distingué. Mais je crois que ça venait d'Henri IV, qui en était un autre de galant, et bien vert celui-là, raison pour laquelle on l'avait surnommé le vert galant. Le premier propriétaire des lieux, un certain Guspin, avait certainement dû lire ça quelque part, se dire que c'était un joli nom pour un café, même s'il avait confondu *vert* et *verre* parce qu'il avait plus souvent la tête plongée dans les bouteilles que dans les dictionnaires. Mais les mots, quelle importance, leur orthographe, leur signification et leur étymologie, le principal c'est ce qu'on veut leur faire dire. Et là, l'un ou l'autre, c'était la même musique, sans compter que personne d'autre que moi ne s'en est jamais soucié.

Bref, verre ou vert, ça ne changeait rien à l'histoire, vu que c'était plus un galetas qu'un estaminet, avec ses murs de guingois, son zinc usé et ses peintures à refaire, sans compter qu'aucun roi n'y était venu et n'y viendrait jamais. Malgré cela, on s'y sentait merveilleusement bien. Un peu trop, même, car on s'y serait crus à la maison, au coin du feu, les fesses bien calées dans son fauteuil. Aussi certains soirs était-il difficile d'en sortir et de se décider enfin à rentrer chez soi.

Parmi les habitués du café, il y avait deux ou trois réguliers dont les passages s'apparentaient à une mécanique d'une précision telle qu'ils n'avaient rien à envier aux aiguilles de l'horloge de l'église. A sept heures du matin, c'était au tour de la vieille Mathurine d'entrer en piste, édentée mais souriante derrière le guidon de sa bicyclette. Mathurine Blanc. Elle portait son nom comme un gant, car du blanc, elle en buvait à outrance. Adepte du petit Jacquère du matin dont l'acidité et le degré d'alcool avaient rongé peu à peu son ardeur, sa raison et son estomac, elle se rendait au comptoir comme on allait à confesse, avec l'empressement d'une jeune communiante pressée de soulager sa conscience et de recevoir l'absolution. Elle était plus régulière que le sonneur de cloches de la paroisse et, lorsqu'elle levait son premier verre de la journée, on savait qu'il était sept heures du matin. Elle en buvait d'ailleurs plusieurs, de matines jusqu'aux vêpres, les enfilant les uns les autres avec l'adresse d'une virtuose.

Je l'aimais bien, Mathurine. Elle a malheureusement fini par mourir, non du trop d'alcool mais de solitude et de chagrin. C'était dix ans plus tard, et de verres bus jusqu'au dernier jour. Elle logeait au rez-de-chaussée d'une vieille maison au cœur du village, seule, sans famille, avec pour toute compagnie celle des chats errants du village dont elle s'occupait et qu'elle abritait le soir jusque dans sa cuisine, parfois plus d'une vingtaine. Une ménagerie installée là depuis des années. Elle était vieille alors. Mais ne se plaignait pas. Ni de sa solitude ni de sa misère. Sa seule joie, hormis les greffiers à qui elle prodiguait mille caresses et qui, eux, contrairement aux hommes, les lui rendaient bien, étaient ses visites quotidiennes au café qu'elle n'aurait manquées pour rien au monde.

Un matin, pourtant, on ne l'y vit pas. Pas plus que le lendemain et que les jours suivants. C'est Barachin, le facteur, qui a fini par la retrouver, étendue sur le carrelage de la cuisine. Raide morte sur un lit de crottes et de sciure. Sur la table, il y avait deux autres cadavres – les bouteilles de Jacquère qu'elle avait bues avant de rendre l'âme – ce qui faisait trois en tout. Trois cadavres et un seul suicide. On a parfois, au sortir d'une belle ivresse, de tristes lendemains.

Au café, il y avait aussi le docteur Bougrat et ses Suze, la Jacotte et ses cafés gnôle, le père Anselme et ses Cinzano. Chacun avait son vice, son habitude, sa petite potion du bonheur. Mais le plus folklorique était sans conteste un vieil homme nommé Brasier et dont la fierté était de n'avoir jamais consommé d'eau depuis de longues années.

En outre, ce Brasier avait une prédilection pour les apéritifs aux noms désuets. Les vermouths, les guignolets, les Fernet-branca et les Avèze constituaient pour lui des boissons attrayantes et indispensables. Les chopines de vin rouge accompagnaient chacun de ses repas. Mais ce qu'il préférait avant tout, c'était l'absinthe qu'il préparait lui-même et dont il faisait une consommation quasi quotidienne, versée dans une cuillère en étain et savourée à petites gorgées, comme un sirop pour la toux.

« Ma médecine personnelle, disait-il, mon requinquant, la potion d'ordonnance que le Dr Bougrat m'a prescrite pour mon estomac. »

En vérité, l'ordonnance de Bougrat n'y était pour rien, mais tout le monde s'en moquait éperdument, jusqu'au carabin qui s'amusait de tous ces mensonges et vantait les mérites de sa médecine en sachant pourtant qu'elle tuait son patient à petit feu. Car nous savions tous que si cet homme avait choisi la voie des liqueurs, c'était parce qu'il n'avait pas trouvé celle du cœur.

Pour combler ce manque, tous les matins que Dieu faisait à l'exception toutefois des dimanches, Brasier arrivait au café à heure fixe, tel un soldat promu à la relève de la garde, et buvait sempiternellement les mêmes alcools – Avèze à huit heures, absinthe à midi, et une rafale de vermouth le soir –, rite païen auquel il ne dérogeait jamais de peur d'être frappé par les foudres célestes ou, pire encore, de dérégler son horloge biologique. Ce qui ne l'empêcha pas de vivre avec un foie dégénéré jusqu'à l'âge honorable de quatre-vingt-un ans, sans avoir connu d'autres déboires qu'une angine de poitrine et quelques rhumatismes chroniques.

Cet homme habitait le pays de la grande soif, celle qui vous tenaille le ventre et ne vous laisse aucun répit. Il avait l'estomac proéminent des Gargantuas, la face rougeaude des alcooliques et l'œil brillant des bonimenteurs. Il n'était l'ami de personne mais le compagnon de tous, un être étrange qui pourtant ne faillit jamais à ce rendez-vous quotidien, jusqu'au jour maudit où il nous rendit tous orphelins.

Le jour de son enterrement, les habitués du Verre Galant lui offrirent une couronne de fleurs séchées, comme s'il s'agissait là des funérailles d'un grand d'Espagne. Et débouchèrent sur sa tombe une bouteille de liqueur de gentiane que la Jacotte avait préparée elle-même et qu'elle nous servit à tous, curé compris, dans des verres pas plus grands qu'un dé à coudre, des verres qu'on but cul-sec, l'œil humide et la gorge nouée on ne savait trop par quoi, le chagrin des funérailles, l'âpreté du breuvage ou l'absence de Dieu.

On le lui devait bien à ce brave homme qui avait contribué au succès florissant du café du village, usant sa santé, son portefeuille et les manches de sa vareuse sur le zinc du comptoir. Ce Brasier qui, par-delà la mort, devait continuer à boire encore avec le même entrain ces apéritifs d'un autre âge. Comme cette liqueur de gentiane qui, déjà amère, possédait de surcroît un arrière-goût de chagrin.

Bien loin de tous ces hérauts de l'alcoolisme, de la truculence et de l'ivresse, il y avait Au Verre Galant tous les autres, et surtout ceux qui ne buvaient pas. Ceux-là, on les regardait de haut, les toisant avec morgue, évitant tout contact avec eux, comme s'il s'agissait de pestiférés.

Ils représentaient pour nous des outres pleines de vide et de suffisance, des baudruches bouffies d'orgueil et qu'un mot bien tranchant dégonflait tout à coup et rendait sèches et recroquevillées comme de vieilles bigotes à quelques prières de rendre l'âme. Par bonheur, ils n'étaient pas nombreux et on ne les voyait guère. Ou trop, c'est selon. Comme la mère Chenal, une mauvaise qui n'aimait personne et que personne n'aimait, se risquant uniquement parmi nous afin d'y chercher son mari, un fâcheux avec un verre d'eau chaude entre les oreilles, et qui pour le décrocher du comptoir le martelait de coups de canne comme elle l'eût fait d'un âne récalcitrant sur le chemin de l'écurie. Ou encore comme Antonin Carraz, l'homme le plus riche du pays. Un beau fumier, celui-là.

Antonin Carraz, parlons-en, puisqu'il faut évoquer

les cuistres. Lui ne consommait jamais d'alcool mais approvisionnait tous les cafés de la région, et en particulier le nôtre. Il n'avait pas son pareil pour fourguer sa camelote aux bistrotiers, ses limonades, ses stocks de bière et ses litres de picrate qui arrivaient par camions de l'autre côté de la frontière et qu'il entreposait par palettes entières dans un vaste hangar de Notre-Dame-des-Millières, bien à l'abri des regards.

Fort de son aura de négociant, il ne s'arrêtait pas aux alcools et avait élargi son commerce à d'autres denrées et produits divers. Et, pour couronner le tout, il trafiquait avec les Allemands. S'il vivait comme un notable, c'est qu'il leur vendait tout ce qui lui tombait sous la main : du matériel agricole et de l'essence, mais aussi des armes et des vivres.

Ce Carraz, comme tous les opportunistes de cette époque propice, avait fait fortune en peu de temps. En 29, il était entré simple agent commercial chez Rachoz et Mendalaz, *vins et spiritueux depuis 1889*, comme le stipulait l'enseigne du magasin de la Rue Principale d'Albertville. En 40, au moment de la débâcle, ses deux patrons étaient décédés tour à tour, l'un d'une pneumonie mal soignée, l'autre d'une crise cardiaque, laissant derrière eux deux veuves éplorées ne sachant s'y retrouver dans la forêt inextricable des bilans comptables, des emprunts et des charges salariales.

Début 41, il avait su convaincre quelques investisseurs privés que se trouvait là une bonne affaire, avait tiré les deux femmes de ce mauvais pas en agitant devant leurs yeux encore embués de larmes un chèque d'une somme conséquente pour l'époque, ce qui eut pour effet immédiat de les assécher.

Par la suite, prétextant un carnet de commandes désastreux et des difficultés financières qu'il n'avait pas, il avait racheté les parts de ses associés pour une bouchée de pain. Un an plus tard, au terme d'un tour de passe-passe prodigieux, il devenait le plus gros distributeur de boissons de la vallée. Dès lors, fort de son sens aigu du commerce et de ses appuis avec l'occupant, il sut faire fructifier son affaire et arbora bientôt le sourire narquois de l'homme qui se sait riche et puissant, et en tire grande fierté.

Bien qu'au demeurant il ne le devint jamais à mes yeux, l'homme se jugeait important. Il était toujours vêtu d'un complet sombre, d'une cravate à fines rayures et d'un gilet de flanelle grise dont la poche droite renfermait une montre à gousset qu'il exhibait à tout bout de champ, non pour savoir l'heure mais pour vérifier qu'elle se trouvait toujours là. A force de la saisir entre ses doigts adipeux, de la caresser comme s'il s'agissait d'un talisman, la montre, dépolie, avait pris la teinte jaune pâle d'un vieil or, lui donnant une patine d'objet ancien. Loin d'être une relique du patrimoine familial, elle possédait cependant une grande valeur à ses yeux : la première acquisition que Carraz avait pu s'offrir grâce à son négoce clandestin.

Son automobile, une rutilante Delahaye des années 30, comptait parmi les plus belles de toute la région. Il en prenait grand soin, passant tous ses dimanches à la briquer, la toiletter, l'entretenir comme s'il s'agissait d'une coûteuse maîtresse. C'était son jouet fétiche. Il en avait bien le droit, lui qui était riche à millions.

Par effet de balancier, son cœur s'était asséché au

fur et à mesure que sa fortune grandissait. Désormais, ce solitaire habitait le Manoir, la demeure la plus cossue du village, perdue au milieu de plusieurs hectares de terre. Le Manoir était resté longtemps un bâtiment gris et humide, dont les murs ébréchés et les charpentes affaissées menaçaient de s'écrouler à tout instant. C'était un vaste labyrinthe de pièces en enfilade fouettées par des vents glacials, dans un tel état de délabrement qu'il y régnait une atmosphère de cauchemar. Mais depuis que Carraz y avait entrepris des travaux pharaoniques, remplaçant la charpente, la toiture et les huisseries, installant le chauffage central, tapissant les murs de papiers peints de couleur, tendant aux fenêtres de grands rideaux de serge, agrémentant les pièces de meubles de style et d'objets de valeur, créant sur la partie arrière de la demeure un vaste jardin à l'anglaise, le Manoir était devenu un véritable château. Sur la table de la salle à manger, les aiguilles d'un cartel égrenaient inlassablement les heures, les minutes et les secondes qui glissaient avec lenteur sur ce décor d'un autre âge. Ne manquaient que des rires d'enfants pour égayer tout cela, et avant toute chose à trouver la compagne qui accepterait de les lui faire, pour finir ses jours dans les atours désuets d'une épouse de négociant en spiritueux.

Pour cela, Antonin Carraz avait le choix du roi, puisque, en cette époque de disette, sa fortune aurait comblé plus d'une femme, et pas nécessairement les moins attrayantes. Mais, par malheur pour lui, sans doute aveuglé par son orgueil, il ne fit pas le choix le plus judicieux.

Car la fiancée qu'il avait en ligne de mire n'était

autre qu'Eléonore Verdussen. Cette jeune femme au regard si troublant qu'il marquait profondément tous ceux qui avaient la chance de le croiser un jour.

Eléonore Verdussen. J'y viens enfin. Cela me semble presque trop tôt. Ou trop tard. Mais il n'est pas si facile de trouver les mots pour parler de ces choses-là. Elles remontent à si longtemps. Et puis, cela remue en moi tellement de chagrin que, aujourd'hui encore, j'en ai le cœur serré. Mais je veux que vous vous fassiez une idée du genre de femme qu'elle était, même si tout ce que je pourrais révéler ne sera jamais rien en comparaison de ce qu'elle fut à mes yeux.

D'abord, ce n'était pas n'importe qui, Eléonore Verdussen. C'était la patronne du Verre Galant. Au village, il n'y avait personne de plus connu qu'elle. Même si, en vérité, elle n'était pas d'ici.

Verdussen, ce n'est pas un nom de la région. Il fleure bon la mer du Nord, les Flandres, la Wallonie, les plaines infinies entre l'Artois et l'Escaut, Bruges et Gand, Zeebruge et Ostende, des territoires lointains et exotiques auxquels nous n'avions pas accès. Il s'agissait surtout de noms appris sur une carte en cours de géographie et qui, pour la plupart d'entre nous, ne voulaient rien dire. Mais pour tous c'était comme les portes d'un nouveau monde, magique et enchanteur, un monde porteur d'images flamboyantes, parce qu'il nous parlait d'elle.

Elle venait donc de Belgique, mais personne n'avait jamais su de quelle ville avec exactitude. Par timidité, nous n'avons jamais osé le lui demander. Il nous aurait fallu un cran, une assurance que nous ne possédions pas. Je suppose qu'elle venait du bord de la mer, d'un monde de pluie, de vent et de grisaille, avec des horizons à perte de vue et des brouillards à n'en plus finir. Un monde où, pour s'en sortir, il fallait aimer la vie et que la vie vous aime. Puis crier son amour à la face du ciel, dans l'espoir que Dieu vous entende par-delà les nuages qui obscurcissaient l'horizon. Et Eléonore, c'est certain, en avait à revendre, de l'amour. Cela se voyait à son sourire.

Le sourire d'Eléonore. C'était quelque chose, il faut bien l'avouer, de particulier et d'apaisant. Comme une promesse pour la journée à venir, une réjouissance, un petit bonheur de l'âme. C'était une jeune femme aux grands yeux sombres comme la terre de sa Belgique natale, et dont la teinte s'éclaircissait ou s'assombrissait selon l'intensité de la lumière. Elle avait une chevelure de feu aux reflets d'ambre et d'or, une peau blanche parsemée de petites taches de rousseur et un visage ovale de statue grecque. Le plus souvent, elle se vêtait de robes à fleurs, de corsages, de dentelles, et portait en permanence à la poitrine une de ces broches finement ouvragées, un camée ou un émail aux ciselures de bronze représentant un visage de femme antique.

Elle avait une voix douce et caressante, dont nous ne nous lassions jamais, avec un léger accent qui la rendait chantante. La plupart du temps, Au Verre Galant, c'était les autres qui lui parlaient et elle qui les écoutait sans rien dire. Elle tenait ainsi depuis dix ans, forçant l'admiration de tous, servant des breuvages aux noms compliqués à des êtres qui l'étaient plus encore, mais qui ne demandaient pas grand-chose, juste qu'on leur tende la main et qu'on les écoute une fois, une seule fois dans toute leur existence de misère. Parce que chacun avait une peine immense au cœur, qu'il fallait que ça sorte et que quelqu'un, enfin, l'entendît. Ce à quoi elle consentait bien volontiers, elle, Eléonore Verdussen, avec son éternel sourire aux lèvres et sa patience infinie d'ange tombé du ciel.

Elle était là presque par hasard. En vérité, c'est son père, un ancien représentant en bière, veuf depuis longtemps qui, de passage dans la région, avait choisi de racheter le café du village et d'y finir sa vie. Il s'appelait Jacques, Jacques Verdussen. Un brave homme, le cœur sur la main, un bon vivant qui riait sans cesse à propos de rien et pleurait sur les gens qui ne riaient pas de tout. Je ne lui connaissais qu'un défaut : c'était un impulsif qui s'emportait souvent sans raison.

L'achat du café s'était d'ailleurs fait en un jour : la visite, le rendez-vous chez le notaire, l'installation, l'ouverture. Il n'avait même pas essayé de faire baisser le prix, comme c'est l'usage dans ce genre de transactions, considérant sans doute que cela était une perte de temps. Bref, il n'avait pas ménagé sa peine, et encore moins lésiné sur l'argent. Certains y avaient vu de la belle ouvrage. D'autres, un acte de folie. Le soir même, Jacques Verdussen avait offert la tournée générale, ce qui avait eu la vertu de mettre tout le monde d'accord et de lui réserver le meilleur accueil de la part de la population.

Les premiers mois, tout s'était bien passé. Eléonore, qui avait alors une quinzaine d'années, et était déjà belle comme un cœur, officiait derrière le comptoir lorsque son père avait besoin d'aide.

L'ennui, c'est qu'à l'automne 1938, juste un an

avant la guerre, Jacques Verdussen fut foudroyé par une attaque de diabète. Bougrat n'avait rien vu venir. Personne, d'ailleurs, n'aurait pu prévoir.

– C'est l'excès de bon vin et de bonne chère qui l'a tué, a dit le médecin le jour de l'enterrement. Ce type-là, fort comme il était, il aurait pu vivre cent ans s'il avait su réfréner ses ardeurs. Mais, même en cela, il était excessif.

Malgré ce malheur épouvantable, Eléonore était restée digne jusqu'au bout de la cérémonie. Puis, trois jours après les funérailles, on l'avait retrouvée au café. Fidèle Au Verre Galant. D'ailleurs, qu'aurait-elle pu faire d'autre ? Elle n'avait plus de famille. Plus d'attaches nulle part, si ce n'est ici, parmi nous, qui l'aimions déjà en secret mais qui n'osions lui dévoiler nos sentiments.

C'est un bien beau métier que celui de bistrotier, quand on aime l'exercer, et qu'on le fait bien. Difficile, prenant, harassant, mais beau. Je crois pouvoir prétendre qu'Eléonore avait le sens du commerce comme peu de gens l'ont. Elle savait sourire, je l'ai dit, et cela naturellement, sans se forcer, sans tricher. Cela fait déjà beaucoup. Mais, le plus important, c'est qu'elle aimait ce qu'elle faisait.

Il faut dire que son affaire marchait bien. Pas assez pour faire fortune, mais suffisamment pour ne pas avoir à se préoccuper du lendemain. Il y avait toujours du monde au comptoir, des fidèles aux clients de passage, et qui venaient au café autant pour boire que pour la voir, elle, dont la réputation de beauté avait déjà franchi les limites du département. Sans compter qu'elle embellissait chaque jour un peu plus, comme une fleur au printemps, ce qui bien entendu commençait à faire tourner les têtes et souffrir les cœurs.

Le malheur, sans doute, pour moi comme pour les autres, c'était que tous les hommes du village et des environs l'auraient volontiers épousée. C'est ainsi que les premiers prétendants se sont fait connaître, et parmi eux le pire de tous : Antonin Carraz.

Celui-là, nous l'avons vu débarquer au café un beau matin, un bouquet de roses à la main, déguisé comme un milord, avec gants en chevreau assortis à son costume trois-pièces, œillet à la boutonnière et tout le tralala. Interloqué, je n'en ai pas cru mes yeux pendant d'interminables secondes, pas plus que tous les autres habitués qui l'ont regardé d'un œil assassin. Mais Carraz semblait se ficher de notre présence comme d'une guigne, pire encore, il nous regardait de haut, seigneur toisant une foule de manants, ou des pourceaux sur lesquels il ne voulait pas se salir les yeux. Puis, sans se soucier de notre présence, il s'est dirigé droit vers Eléonore Verdussen, avec la solennité d'un employé de l'octroi. Il a ôté son couvre-chef et ses gants, a salué avec élégance et circonspection la jeune femme qui se tenait devant lui, s'est éclairci la voix et a déclaré :

– Mademoiselle Verdussen. Avec ces fleurs, je vous offre mon cœur tout entier, ainsi que ma fortune et ma vie.

La voix de Carraz s'est un peu étranglée sur ce dernier mot, comme si l'émotion était trop forte. Il lui a tout de même tendu le bouquet qu'elle a saisi avec un temps d'hésitation, car on devinait qu'elle était gênée de tout cela, même si en fin de compte elle n'a pas eu le cœur de le repousser. Carraz, lui, semblait jouer un rôle appris, comme sur une scène. Et c'est vrai, lorsque j'y repense, que tout cela avait un parfum de théâtre. Se reprenant, il a prononcé cette phrase qui, aujourd'hui encore, résonne à mes oreilles :

– Mademoiselle Verdussen, acceptez-vous de devenir ma femme ?

Il fallait oser. Surtout en ce lieu, devant tout ce monde, dans cette atmosphère tendue comme une peau de tambour. On aurait dit une pièce jouée par de piètres acteurs, car ni l'un ni l'autre ne semblait à l'aise dans ce rôle, et tout sonnait faux. Même si tout était vrai, jusqu'au décor et aux figurants, puisque j'y étais, je peux en témoigner.

Il y eut d'abord un long silence, durant lequel personne n'a esquissé le moindre geste ni proféré la moindre parole. Eléonore est restée interdite pendant un instant, ne sachant comment réagir. Puis, sans autre forme de politesse qu'un joli sourire, elle a répondu d'une voix qu'elle voulait la moins blessante possible :

– C'est très gentil à vous… Mais je ne suis pas résolue à me marier… Pas pour le moment… J'aime trop la liberté.

Elle lui a adressé un regard désolé et a ajouté avec une infinie délicatesse :

– Merci tout de même pour les fleurs. Elles sont admirables.

Ce qui l'était moins, en revanche, c'était la tête que faisait Antonin Carraz, resté planté là comme un arbre qui prend lentement racine, sans comprendre ce qui lui arrivait. Car, de toute évidence, il avait misé sur un consentement, alors qu'il venait d'essuyer le plus magistral revers de toute son existence. Pis encore. Une claque étourdissante. Une déconfiture dont on parlerait longtemps dans les chaumières.

Eléonore, quant à elle, semblait contrariée par le côté pathétique de cette demande. Malgré cela, elle a joué la pièce jusqu'au bout, a défait le bouquet de roses, l'a disposé dans un vase qu'elle a rempli d'eau, posé le tout sur une étagère, puis est retournée sagement derrière son comptoir à essuyer ses verres, comme si rien d'important ne s'était passé.

– Vous êtes certaine de votre choix ? a encore demandé Carraz, comme s'il se raccrochait à un dernier espoir.

Eléonore Verdussen, cette fois, a paru agacée, jugeant que ce prétendant s'aventurait trop loin sur les chemins de la séduction.

– Tout à fait sûre, Antonin. Maintenant, je vous en prie, ne parlons plus de cela.

Il y eut un long moment de gêne durant lequel chaque membre de l'assistance plongea le nez dans son verre en détournant le regard, en dépit du fait que personne, absolument personne, n'avait manqué un épisode de cette scène qui avait viré au tragique. Alors Carraz, mortifié, comme s'il venait de rayer là le dernier nom de son carnet de bal, prit l'apparence sombre et wagnérienne de l'amoureux éconduit, fit volte-face et, sans un regard pour l'assistance, quitta le café dans un silence de cathédrale.

Ce n'est que lorsque la porte se referma sur lui dans un claquement sec que l'atmosphère devint moins pesante. Nous nous précipitâmes vers la fenêtre et l'observâmes monter dans sa voiture, tout piteux qu'il était, puis partir en trombe en direction du Manoir.

Si nous avions pu le faire, nous aurions ri à gorge déployée de cette situation ridicule dans laquelle Carraz s'était fourvoyé. Mais nous ne le pouvions décemment pas. D'abord pour Eléonore qui était encore toute déconfite. Ensuite parce que Carraz, tout grotesque qu'il était, avait eu le courage de la demander en mariage. Officiellement. Et devant tout le monde. Et ça, même de la part du pire des hommes, c'était un acte de bravoure qui méritait le respect. Même si, il faut bien l'avouer, nous étions heureux du dénouement, heureux de savoir que notre petite fée à nous, notre Eléonore Verdussen, n'était pas une femme qu'on achète avec de l'argent.

– Que personne ne s'avise de me faire une demande pareille ! nous prévint l'intéressée après que la Delahaye eut disparu au carrefour. J'en ai encore le rouge aux joues.

– Pourtant, fit remarquer quelqu'un qui, je crois me souvenir, n'était autre que le Dr Bougrat, ce Carraz a une vraie situation.

– Et beaucoup d'argent, ajouta Brasier qui, lui, ne possédait jamais un sou d'avance.

– Je vous en prie, s'insurgea Eléonore. Ne me parlez plus de ça. Cet homme me fait horreur !

– Tu dis ça parce que tu es jeune et jolie, dit encore Mathurine Blanc. Tu verras plus tard que ce type-là, tu le regarderas d'un autre œil.

– C'est tout vu, conclut Eléonore.

Puis elle saisit une bouteille sur l'étagère, posa une rangée de verres sur le comptoir, et nous régala d'une tournée de goutte qui eut l'heur de clore la discussion.

« On peut très bien se passer de ce que l'on n'a pas connu, aimait-elle à dire. Le pire, c'est d'être privé de ce que l'on a. Je plains ceux qui ont été riches et qui ne le sont plus. Mais moi qui n'ai jamais eu plus que le nécessaire, qu'est-ce que ça peut bien me faire tout cet argent mal gagné ? »

Elle était ainsi, Eléonore Verdussen. Son commerce et sa vie simple lui suffisaient. Elle ne s'attachait pas à des vétilles, à des apparences, à un statut. Elle ne désirait pas finir dans un manoir si vieux et si triste que même les fantômes n'y restaient pas. Même avec la plus grosse fortune du monde. Elle ne voulait pas finir dans le costume d'une épouse fortunée de négociant en vins. Elle ne voulait pas finir du tout.

Ce qu'elle désirait, elle, c'était vivre. Voir du monde, croiser des gens, des vies, des regards, leur parler, leur sourire, les aimer. Un désir partagé par tous, me direz-vous. Mais contrairement aux autres, elle ne se méfiait pas des gens.

Les gens, elle se contentait de les aimer.

Je crois pouvoir dire que, très tôt, je suis tombé amoureux fou d'Eléonore Verdussen. Même si, sans doute à cause de la forme passionnée et tourmentée que prenait cet amour, je n'ai jamais osé le lui révéler.

Si certains s'adressaient à elle en toute sincérité, lui faisaient les yeux doux, tentaient parfois de lui faire la cour, moi je ne le pouvais pas. Face à une jeune femme aussi belle, aussi fascinante, je n'étais pas trop à mon aise. C'est mon caractère. Un atavisme particulier. A la maison, on ne parlait pas de ces choses-là, celles qui touchent à l'âme et aux sentiments. On n'exprimait jamais ce que l'on ressentait. On gardait tout pour soi, pour toujours.

Si j'avais été plus aventureux, si j'avais eu le courage de lui dire combien je l'aimais – ce qui se devinait aisément – tout se serait passé autrement, et sans doute ne serais-je pas là aujourd'hui à noircir du papier et à tenter de justifier, à travers les mots, cet amour manqué. Mais à chaque vie son malheur. Le mien fut de ne jamais lui avouer que je l'aimais.

J'avais trop peur de déranger, de ne pas être à la hauteur, de ne pas trouver les termes appropriés, de bafouiller, ou que sais-je encore. Je craignais d'être ridicule comme Carraz l'avait été devant nous tous. Je répétais toujours : « Je le lui dirai une autre fois. » Je me promettais : « Quand Eléonore sera seule, tout sera plus facile, et je lui avouerai tout. » Mais seule, elle ne l'était jamais. Un café, même en temps de guerre, ça ne désemplit pas. Ou si peu. Juste le temps d'hésiter encore avant de se lancer et de se dire : « Cette fois, c'est la bonne », de reprendre un dernier verre pour se donner du courage, « seulement un verre et je lui dis tout, tout ce qui me tenaille le cœur et me brûle les lèvres »... puis quelqu'un survenait, Eléonore était accaparée ailleurs et tout était fini. Irrémédiablement.

Il y avait pourtant d'autres jeunes filles au village, Clémence, Alice, Ernestine et bien entendu Valentine Fontbrune, ma voisine, que j'invitais parfois à danser lors de bals clandestins, ou à partager nos moments de fêtes chez les uns et les autres lorsque la guerre nous le permettait. Mais je n'en avais cure. Je les regardais à peine. Pire, je crois qu'à la fin je ne les voyais plus. Comme si je m'étais brûlé les yeux à un soleil plus intense qui m'avait rendu aveugle.

Comme je n'osais lui avouer ma flamme, je me contentais des long regards qu'elle m'accordait et qui, bien souvent, me jetaient dans l'extase et le ravissement. Je me délectais autant de ses breuvages que de l'eau de son regard, une eau pure dans laquelle j'aurais aimé me perdre et me perdre au fil des jours, jusqu'à m'y noyer.

Pour lui parler vraiment, j'attendais la venue de la nuit lorsque, allongé sur mon lit, je revoyais en songe son visage et osais enfin lui confier les mots que je n'avais su lui dire. Je me lançais alors dans d'audacieuses déclarations d'amour, élaborais en pensée des lettres enflammées, des mots doux, des poèmes. Par-delà les rêves, je la retrouvais dans un monde magique. Un monde où la guerre n'existait pas. Où il n'y avait ni chagrin ni larmes. Rien qu'elle et moi. Didier et Eléonore.

Je m'imaginais l'embrassant au sommet du beffroi d'une de ces villes septentrionales de sa Belgique natale, une de ces villes que nous contemplions avec la tranquille insouciance de ceux qui se savent proches d'un ciel extatique. Par-delà les églises, les dômes et les toits, par-delà l'horizon, il y avait la mer écumante au-dessus de laquelle nos regards portaient et finissaient immanquablement par se fondre avec l'éclat jaune d'or de la lune. Au port, un trois-mâts aux voiles pourpres nous attendait, amarré à quai, pour embarquer vers des destinations lointaines, des Argentines aux ciels de cuivre, des Patagonies aux sommets de neige, des Pérous aux jungles émeraude, là où le vert de l'océan prend peu à peu la teinte indigo des confins du monde.

Puis venait l'heure du réveil. Cruelle. Et tout se délitait, s'empoisonnait comme un alcool qui fâche et rend amer. Alors, malheureux comme les pierres, je regardais en silence mes songes absurdes et merveilleux se fracasser sur les récifs noirs du réel.

Le réel, nous y avons été confrontés avec violence au matin du 14 août 1944.

C'est devant une bouteille de vin blanc du Bugey que tout a commencé, un Clos du Colombier fruité et sec aux arômes de miel et d'acacia, dont le goût est depuis lors resté gravé dans ma mémoire, souvenir olfactif partagé entre la douceur suave de l'alcool et l'amertume des regrets. Il devait être onze heures lorsqu'un homme, au volant d'une vieille Hispano Suiza, s'est arrêté devant l'établissement en faisant crisser les pneus sur l'asphalte. Il est sorti en trombe de la voiture et, tout en laissant tourner le moteur, a fait irruption dans le café en s'écriant :

– Les maquisards d'Ugine ont attaqué les Allemands à Bornery !

C'était Lucas Silvin, le charpentier, qui venait bousculer notre monde paisible. Un homme tout en puissance et en muscles, le regard franc et le visage volontaire. Une force de la nature. Pas le genre à se laisser impressionner par une quelconque altercation. Et pourtant ses lèvres tremblaient. Il arrivait de Chambéry par la route nationale et il avait tout vu. Qu'avait-il vu ? Nous ne le savions pas encore, mais cela n'allait pas tarder. Il allait tout nous raconter. Nous étions presque au complet. Il y avait Mathurine Blanc, bien en selle sur son tabouret à siroter son petit Jacquère, et tous les adeptes du café, Brasier et son absinthe, le Dr Bougrat et sa Suze, le père Anselme et son Cinzano.

Silvin s'est approché et, tout en posant sa main rugueuse sur le comptoir en zinc, a lancé de sa belle voix grave :

– Il y a des morts.

Cette révélation nous stupéfia. Mathurine Blanc en eut le gosier desséché et but une rasade pour se désaltérer. Brasier l'imita aussitôt, suivi bientôt par le père Anselme qui reposa son verre sur le comptoir dans un claquement sec. Le Dr Bougrat, quant à lui, resta figé, son verre de Suze à la main, les yeux perdus dans les brumes de l'inquiétude.

Voilà ce qui s'était passé, et que le charpentier nous raconta en quelques phrases bien tranchées, sans fioritures, à sa façon à lui qui était celle d'un homme d'action.

C'est le petit matin. Une colonne de soldats allemands, remontant de Valence et s'enfuyant vers l'Italie par le col du petit Saint-Bernard, est attaquée par des maquisards à Bornery. Ces derniers sont tout au plus une vingtaine, mais peu importe le nombre, ils ont l'habitude de ce genre de commando. Et lorsque la colonne arrive enfin sur place, elle est reçue par ce comité d'accueil qui ouvre les hostilités par un feu nourri de mitrailleuse. Quatre soldats allemands s'écroulent dès les premières secondes de la fusillade. Mais les Allemands ripostent aussitôt, et les maquisards, trop peu nombreux, comprennent qu'ils ne pourront tenir très longtemps. Aussi prennent-ils la fuite à travers la montagne.

Silvin ajouta encore :

– Deux des maquisards ont été blessés. Mais tous ont réussi à s'échapper.

Le visage d'Eléonore Verdussen, de pâle qu'il était au naturel, devint d'un blanc pur et éclatant, comme un lys surpris par une première neige.

– Qui a été blessé ?

– Mirantin et un autre gars d'Ugine, un nommé Lombard. Le commandant Beaufort qui dirigeait les opérations est indemne.

Eléonore parut soulagée, mais son répit fut de courte durée car la suite était plus difficile à entendre.

– Il fallait s'y attendre, conclut enfin le charpentier en prenant un air sombre, comme si cet aveu lui pesait terriblement. En représailles, les Allemands ont arrêté les quatre premiers hommes qu'ils ont trouvés dans la colline. Et ces quatre malheureux, hélas ! sont du village. Il s'agit de Charvin, de Lafaille et des frères Roche.

Je fus un instant étourdi et ma gorge se noua. Je crus que le sol s'ouvrait en deux, comme lors d'un séisme, et que je disparaissais à tout jamais sous terre. Charvin et Lafaille, je ne les connaissais pas assez pour m'apitoyer sur leur sort. Le cas de François Roche, déjà, me touchait davantage. Mais que Julien Roche, mon meilleur ami, fût lui aussi prisonnier des Allemands, je ne pouvais l'admettre. Le coup était rude.

– Es-tu certain de ce que tu racontes ? demandai-je alors à Silvin, comme si je refusais pareille horreur.

Le charpentier sembla le prendre de haut et, tout en posant ses deux mains bien à plat sur mes épaules, me répondit d'un ton sans appel :

– Tu penses que je suis un menteur ?

– Non, je n'ai pas dit ça.

– Alors crois-moi sur parole.

Puis, d'un geste auguste de seigneur, il jeta un billet froissé sur le comptoir et annonça d'une voix puissante :

– Tiens, Eléonore. Verse-nous une tournée. Tout cela m'a donné soif !

La jeune femme s'exécuta sous les regards éperdus de reconnaissance de Mathurine Blanc et de Brasier. Mais elle semblait agir comme un automate, sans comprendre ce qu'elle faisait, ni où elle se trouvait en cet instant. Il y eut un grand silence, de ceux qui d'ordinaire peuplent les églises aux moments solennels. Puis, passé le premier émoi, Silvin saisit son verre entre ses doigts puissants et trinqua avec nous. Après avoir englouti une longue gorgée qui parut le rasséréner, il ajouta :

– J'espère qu'ils vont les relâcher dès qu'ils comprendront qu'il ne s'agit pas de résistants.

De cela, j'étais moins sûr. Mais il avait raison d'espérer. C'était, d'ailleurs, la seule chose que nous pouvions faire.

Ensuite tout est allé très vite. Nous avons à peine eu le temps d'abonder dans son sens que tout a basculé, dans un tourbillon de folie. On a d'abord entendu un bruit sourd, puis tout s'est mis à trembler, le sol, les vitres, les verres sur le comptoir, comme l'approche d'un cataclysme.

– Les voilà ! s'est écrié quelqu'un en pointant son index en direction de la fenêtre.

D'un seul homme, nous nous sommes précipités contre la vitre pour découvrir une colonne de soldats allemands qui arrivait à hauteur du Verre Galant. Ils devaient être une centaine d'hommes dont le bruit des bottes martelait la chaussée en cadence, produisant une menaçante musique militaire. De part et d'autre de la colonne des officiers à cheval. Et devant eux, comme pour mieux les couvrir d'opprobre, les quatre prisonniers de Bornery.

Le premier, Lafaille, se tenait fier et droit, la tête haute. En second, tout aussi impassible, venait Charvin. Le troisième, visiblement plus abattu, était François Roche. Le quatrième, comme l'avait annoncé Silvin, n'était autre que Julien Roche. Les quatre malheureux avaient les poignets entravés. Et les deux plus âgés, Lafaille et François Roche, portaient au visage des traces de coups.

Ils sont passés sous nos fenêtres, en nous jetant des regards de bêtes traquées, puis ont continué en direction d'Albertville sans que nous puissions leur adresser ne serait-ce qu'un signe d'amitié. Lorsqu'ils ont disparu à l'horizon, tout le monde s'est regardé et chacun a pu lire la détresse dans le regard de l'autre.

– Mon Dieu ! Mon Dieu ! Mon Dieu ! s'est écriée Eléonore en appuyant son visage contre la vitre, comme si le seul fait d'implorer le Seigneur à trois reprises pouvait lui venir en aide.

Puis, bouleversée, elle est retournée derrière le comptoir et, elle qui ne buvait jamais, s'est servi un verre d'alcool fort.

Certains ont pris la poudre d'escampette, pressés sans doute de colporter la nouvelle à leurs proches. D'autres, inertes, sont restés là sans rien dire, sans savoir que faire. Brasier, toujours assis à la même place, buvait en silence en murmurant :

– Salauds de boches !

Quant à moi, qui étais resté en retrait, je me suis approché de Silvin et je lui ai soufflé à l'oreille :

– Pardonne-moi. Maintenant je te crois.

Il m'a adressé un léger sourire teinté d'amertume, puis a plongé le nez dans son verre de vin blanc pour ne pas avoir à me répondre. Il était pâle comme un mort, comme s'il venait lui aussi d'endosser un habit de souffrance. Un de ces tristes habits de deuil que l'on sort pour les enterrements. C'est alors qu'Eléonore est sortie de son silence et a lancé comme un appel au secours :

– Il faut les sortir de là !

C'était une excellente idée. Mais comment ? Nous étions anéantis, sonnés, mais surtout désarmés.

Qu'avaient donc fait ces hommes ? Et vers quel sort funeste les emmenait-on ?

– Moi, je sais ce qu'il faut faire, a dit soudain Mathurine Blanc en faisant claquer sa langue sur son palais.

– C'est-à-dire ? lui a-t-on demandé avec dédain, convaincus qu'elle allait sortir une de ses âneries dont elle nous gratifiait parfois lorsqu'elle avait forcé sur la boisson et que les vapeurs de l'alcool lui embrumaient le cerveau.

Mais la vieille ivrogne, cette fois, était plus lucide que la plupart d'entre nous. Elle a glissé de son tabouret, s'est plantée devant nous et a éructé entre deux borborygmes :

– Il faut aller prévenir le maire.

Lorsqu'on tambourina à sa porte, le maire du village, Joseph Taillandier, était assis à la table de la cuisine, en compagnie de sa femme et de ses enfants, s'apprêtant à avaler une omelette aux chanterelles qui s'annonçait un pur délice.

– Eh bien, qui frappe donc en plein midi ? grogna-t-il en se levant à regret de sa chaise, car le fumet du plat venait de lui ouvrir grandement l'appétit et il avait une sainte horreur qu'on le dérangeât en plein cérémonial familial.

Ouvrant la porte à toute volée, il découvrit avec stupeur Mathurine Blanc juchée sur son vélo et, sur le porte-bagages, Brasier. Cela faisait deux ivrognes à la fois. Un sacré duo. Et qui avait dû négocier bien des virages pour parvenir jusque-là sain et sauf.

– Que se passe-t-il, vous avez déjà soif à cette heure ? leur demanda le maire, tant il était notoire que la cave de Joseph Taillandier était l'une des mieux pourvues du pays.

– Ce n'est pas ça, Joseph ! s'insurgea Mathurine, blessée dans son orgueil. On a besoin de vous de toute urgence. Il s'est passé bien des choses à Bornery depuis ce matin.

Lorsque la mère Blanc lui eut exposé les faits, à savoir l'attaque des maquisards, les représailles des Allemands et l'arrestation de quatre hommes du village, Taillandier décida d'intervenir au plus tôt.

– Où sont-ils ?

– Sur la route d'Albertville, près des grands vergers, répondit Brasier d'une voix claire et posée, car le passage de la colonne de soldats allemands l'avait tout à fait dégrisé. Ce qui le rendait méconnaissable. Sans doute les emmène-t-on à la Kommandantur.

– Dans ce cas, il est peut-être encore temps de les sauver. Allons-y. Je vous suis.

Le maire fit demi-tour, annonça à sa femme qu'il avait une course urgente à faire, sortit en courant de chez lui et enfourcha son vélo qui l'attendait contre le muret de la cour.

– Et l'omelette ? demanda cette dernière en se penchant à la fenêtre de la cuisine.

– Garde-la au chaud. Je reviens dans cinq minutes.

En chemin, ils croisèrent des hommes du village qui s'arrêtaient à leur passage, étonnés par l'étrange spectacle du maire à vélo poursuivant Mathurine Blanc qui, elle-même, transportait Brasier sur son porte-bagages. Et tout cela, en plein midi, par une chaleur insoutenable. Comme si, à force de soleil, la folie leur était montée à la tête.

– Ceux de Gilly, venez avec moi ! s'écriait Taillandier sans prendre le temps de s'arrêter.

– Eh bien, qu'arrive-t-il ? lui demandait-on.

Brasier, le moins essoufflé des trois parce qu'il n'avait pas à pédaler, répondait alors :

– Quatre hommes du village sont aux mains des Allemands ! On a besoin de renfort pour les faire libérer !

Quelques-uns leur emboîtèrent le pas, sans réellement comprendre ce qui se passait, ni même où il fallait se rendre. D'autres haussèrent les épaules sans prêter crédit à de tels propos.

Lorsque la fameuse équipée eut dévalé le chemin du Chiriac pour parvenir sur la route d'Albertville, la colonne de soldats allemands arrivait à son tour au même endroit. Taillandier sut aussitôt que Mathurine Blanc ne lui avait pas menti. Devant les soldats, il put distinguer Charvin, Lafaille et les frères Roche.

Une fois descendu de son vélo, il se planta devant eux et s'écria de sa belle voix rendue grave par les excès de tabac et les verres de Mondeuse :

– Je suis Joseph Taillandier, le maire de Gilly. En ma qualité de premier magistrat de la commune, j'exige de savoir où vous emmenez ces hommes.

Un officier allemand sortit de la colonne et, l'air indifférent, rétorqua :

– A la Kommandantur.

– Pourquoi cela ?

– Ce sont de dangereux terroristes.

– Vous devez faire erreur.

L'officier se lissa le menton et, l'œil froid, répondit :

– Hélas ! Monsieur le maire. Il n'y a pas d'erreur possible. Deux soldats allemands ont été tués lors de l'attaque de Bornery, et deux autres blessés grièvement. Ces quatre hommes, des maquisards, ont été pris sur le fait à quelques centaines de mètres du lieu de la tragédie.

– Je les connais tous les quatre ! fulmina Taillandier en désignant les prisonniers l'un après l'autre. Et je peux vous certifier qu'ils n'ont rien à voir avec les maquisards.

– Parce que vous connaissez des maquisards ?

– Je n'ai pas dit cela. Mais je dis que je connais ces hommes parce qu'ils sont du village, et qu'ici il n'y a pas de maquisards.

– Jusqu'à preuve du contraire. Car ces quatre-là se trouvaient sur les lieux au moment du drame.

– Nous n'avons rien fait, vous le savez bien, intervint alors François Roche. On coupait le raisin vert dans le champ de la Montaz pour en faire du verjus. Rien d'autre.

Le lieutenant se retourna brusquement et lui adressa un regard noir.

– Taisez-vous. Les prisonniers n'ont pas le droit à la parole.

C'est alors que le maire s'emporta et, comme pour appuyer ses dires, assena un violent coup de poing sur le guidon de son vélo, faisant tinter la sonnette qui résonna comme un trille.

– Ils sont innocents, je vous dis !

Cette fois, l'officier allemand se fit plus cassant :

– Monsieur le maire, en voilà assez ! Il y a eu deux soldats allemands mortellement blessés. Nous ne pouvons laisser ce crime impuni !

C'était cela. Il fallait donc que quelqu'un paie, peu importe qui. En somme, le sang appelait le sang.

– Vous ne pouvez pas arrêter les gens comme ça, sans raison ! hurla Joseph Taillandier.

L'officier hésita quelques secondes, prit une cigarette dans sa main droite, la porta à hauteur de son visage afin d'en humer le parfum suave, puis répondit :

– Dans un cas comme celui-ci, je le peux tout à fait, au contraire.

– Alors vous devrez m'arrêter avec eux, car je suis aussi coupable qu'eux.

– Si cela vous fait plaisir.

L'officier fit un geste en direction du soldat qui se trouvait à sa droite. Ce dernier sortit aussitôt de la colonne, s'approcha du maire et, sous les regards ahuris de Mathurine et de Brasier, pointa son arme sur le premier officiel du village. Taillandier, comprenant qu'il était plus sage d'obtempérer, lâcha le guidon de son vélo et leva les mains. La bicyclette tomba à terre avec fracas. Il y eut tout à coup un silence étonnant, à peine perturbé par la roue avant du vélo qui tournait dans le vide, produisant une petite musique insolite.

L'officier allemand eut un étrange sourire et déclara :

– Monsieur le maire, veuillez rejoindre les quatre prisonniers. Vous êtes, vous aussi, en état d'arrestation.

C'était donc une hécatombe. D'abord les quatre prisonniers de Bornery, puis ce brave Taillandier qui, décidément, ne la mangerait jamais cette omelette aux chanterelles, ce qui le contrariait beaucoup à l'heure qu'il était, parce qu'en ces temps de disette un tel repas constituait un festin de roi.

J'étais, quant à moi, rentré à la maison pour déjeuner lorsque l'abbé Presset vint nous prévenir de l'arrestation de Joseph Taillandier – car Brasier et Mathurine, une fois les Allemands partis avec leurs cinq prisonniers, s'étaient précipités à la cure de l'église afin d'annoncer la terrible nouvelle.

C'était la première fois que le curé de la paroisse venait chez nous. Je revois encore cet intégriste dont le regard cerclé de lunettes de fer m'effrayait au plus haut point et me faisait songer au portrait de l'un de ces inquisiteurs espagnols représentés dans les livres d'Histoire. Malgré la fournaise de ce début d'après-midi qui le faisait transpirer à grosses gouttes, l'abbé avait tenu à venir à pied, vêtu de sa soutane noire. Tenant à la main son bréviaire, il se présenta sur le seuil de notre demeure, les joues creuses et le regard perçant, et m'apparut comme l'envoyé du diable. Mon père, tout à la fois surpris et agacé, l'accueillit avec une mine renfrognée et un ton sarcastique.

– Eh bien, Urbain, pour quelle diabolique raison nous honorez-vous de votre visite ?

L'abbé Presset, qui détestait qu'on l'appelât par son prénom, ce qui le ramenait au rang de simple mortel et non d'intercesseur des puissances divines, sursauta. Puis, levant les bras au ciel comme s'il appelait sur mon géniteur la miséricorde du Christ, répondit d'une voix glacée :

– Il s'agit bien du démon, en effet. Car si je viens jusqu'à vous, c'est pour vous entretenir d'affaires bien graves.

– Je vous écoute, l'abbé.

– Les Allemands ont arrêté le maire et l'ont conduit à la Kommandantur avec les quatre prisonniers de Bornery.

Cinq prisonniers en une seule matinée, cela faisait beaucoup pour un village comme le nôtre, qui ne comptait guère plus de cinq cents âmes. Un pour cent de la population aux mains des Allemands, c'était du sérieux, autant d'ouailles en moins à la messe du dimanche. Voilà sans doute pourquoi l'abbé Presset avait jugé nécessaire d'intervenir au plus vite.

– Ils sont tous les cinq retenus à la Kommandantur.

– Allons bon ! s'écria mon père, déjà informé par mes soins de la première arrestation. Cela va de mal en pis. Mais en quoi puis-je vous être utile ?

Le curé reprit d'un ton qui se voulait ferme :

– Vous parlez, il me semble, leur langue avec suffisamment de talent pour vous faire comprendre. En outre, j'ai confiance en vos qualités de diplomate. Vous êtes donc le seul qui puissiez intervenir.

Mon père eut un mouvement de recul.

– Il me semble qu'en tant qu'époux de divorcée, je ne suis pas l'homme de la situation.

Cela avait été dit avec malice, et presque sur le ton de l'humour. Mon père se vengeait de ce vieux différend entre eux. Mais le curé n'entra pas dans la danse et, fronçant les sourcils, coupa court à toute polémique :

– Allons, ne faites pas l'enfant. Faisons table rase du passé et prenons au sérieux ce qui arrive aujourd'hui. Il s'agit de sauver des hommes.

– Et vous croyez que, simplement parce que je parle allemand, ils vont relâcher les prisonniers ? Vous connaissez aussi bien que moi ces gens-là, sans parler de la Gestapo et des SS. J'ai toutes les chances d'y rester, moi aussi, à la Kommandantur, et de croupir dans une de leurs geôles sinistres.

– Pas si vous demandez à être reçu par l'*Oberleutnant* Kurt Nagel.

Mon père haussa les sourcils :

– Qui est ce Kurt Nagel ?

– C'est un officier allemand que j'ai eu l'occasion de rencontrer il y a quelques mois de cela. Il vient souvent à l'église afin d'y prier. Il est très pratiquant. Nous avons pu échanger quelques mots, mais il y a la barrière de la langue. Je puis vous jurer qu'il n'a rien à voir avec toute cette engeance. Sous des dehors un peu rigides, c'est un homme pétri d'humanité.

– Et si cet officier refuse de me recevoir ?

– Si vous venez de ma part, il ne refusera pas. Et

puis, qui ne tente rien n'a rien. *Audaces fortuna juvat.*

Devant la mine ahurie de mon père qui, s'il comprenait le sens de cette locution pour avoir appris le latin dans sa jeunesse, ne semblait pas en revanche partager le même élan d'optimisme, l'abbé reprit :

– Et si vous ne le faites pas par amour pour le Christ, faites-le donc par amour pour les hommes.

– J'ai bien peur que les hommes, depuis quelque temps, ne méritent guère qu'on les gratifie d'un tel sentiment. Et je ne crois pas que la fortune sourie aux audacieux, surtout en ces temps troublés.

L'abbé Presset, qui avait une autre vision de l'humanité, contra :

– Alors, dans ce cas, faites-le pour vous. Pour prouver, à vous et à votre famille, ainsi qu'à nous tous, que vous êtes un homme.

Mon père, étonné, hésita quelques instants. Puis jugeant que l'affaire était grave, qu'on avait peut-être besoin de ses services pour sauver des vies, s'inclina.

– C'est d'accord. Je vais essayer de parler à cet officier. Mais je ne vous promets rien quant au résultat.

L'abbé le bénit avec des gestes d'évêque, prit sa main dans la sienne, la serra avec fermeté et dit encore :

– Je suis persuadé qu'il vous écoutera.

– Je n'en suis pas si sûr…

– Si, si, insista l'abbé, vous verrez, c'est un homme celui-là, pas une bête immonde comme la plupart de ses compatriotes.

Enfin, après quelques réticences d'usage, il accepta le verre de vin coupé d'eau que ma mère lui proposait, verre qu'il but à petites gorgées debout sur le seuil. Puis il s'apprêta à partir.

– Il va y avoir de l'orage, dit-il encore en observant le ciel qui commençait à s'obscurcir par endroits.

– Un temps à ne pas mettre un curé dehors, ajouta mon père en souriant.

L'abbé se dérida enfin, et lui serra une dernière fois la main avec insistance. Et, tandis que pour quelques instants encore l'horizon prenait une teinte de feu mêlée de flammèches d'or, il reprit en toute hâte le chemin de l'église.

– Au fond, dit encore mon père en le regardant s'éloigner, cet abbé n'est pas un mauvais homme.

Ma mère, avec un sens de l'à-propos déconcertant, sortit de son silence pour conclure :

– Sans doute, à cet instant précis, doit-il dire la même chose de toi.

Un peu plus tard, mon père se planta devant le miroir de l'entrée, vêtu de son habit et de sa cravate des dimanches. Après avoir vérifié sa mise pendant de longues secondes, il saisit sa canne, vissa sur son crâne son chapeau de feutre gris et annonça à ma mère qui se tenait près de la porte de la cuisine :

– Je me rends en ville. A la Kommandantur.

Ça, elle le savait déjà. Mais il bombait le torse, et autant pour faire le fanfaron que pour se donner du courage, se répétait d'une voix assurée ce qu'il allait entreprendre par altruisme. Au fond, ce n'était pas très facile ce que le curé lui demandait, c'était un acte de bravoure, et c'était aussi se jeter dans la gueule du loup tandis que les autres restaient bien tranquilles chez eux à attendre que ça se passe. Mais mon père était un homme capable de tout, du meilleur comme du pire, et avant toute chose de nous étonner, ce qu'il réussit à faire en ce jour, sans savoir où tout cela allait le mener.

Malgré les risques d'orage, et la chaleur qui devenait oppressante en cette fin d'après-midi, il enfourcha son vélo, nous adressa un dernier regard, et prit la route d'Albertville.

A la Kommandantur, il dut attendre une bonne heure avant d'être reçu par quelqu'un qui voulût bien écouter sa requête. Pendant tout ce temps, il resta debout dans le hall d'entrée, à faire les cent pas, comme une bête en cage. Ce n'était pas facile d'être là, perdu sous les lambris de l'ennemi. Mon père suffoquait tout à la fois de chaleur et d'indignation. Il croisa nombre d'officiers allemands qui ne daignèrent même pas lui jeter un regard. A force de le voir tourner en rond, une secrétaire lui annonça que l'Oberleutnant Kurt Nagel était prêt à le recevoir.

– Si vous voulez bien me suivre, dit la jeune femme en s'engageant dans l'escalier qui conduisait au premier étage.

Elle le mena dans un dédale de couloirs jusqu'à une petite pièce aux murs sombres dont l'unique fenêtre donnait sur la cour intérieure de la sous-préfecture. Là, assis derrière un bureau en bois de palissandre, un homme l'attendait, penché sur un livre de comptes.

Lorsque mon père entra, l'officier se contenta de le saluer d'un signe de tête et, tout en gardant les yeux rivés sur une colonne de chiffres, lui intima l'ordre de s'asseoir.

– Qui êtes-vous ? Et qu'êtes-vous venu faire ici ? lui demanda-t-il sans même lever la tête de son travail, car visiblement il n'avait pas de temps à perdre.

– Mon nom est Maurice Vandœuvre. Et je viens de la part de l'abbé Presset vous demander de libérer les quatre hommes arrêtés à Bornery ce matin, ainsi que le maire de Gilly, Joseph Taillandier.

Tout cela, bien entendu, mon père l'avait dit en

allemand, sans aucun accent, avec un mélange de douceur et de fermeté qui n'appartenait qu'à lui.

– Où avez-vous appris à parler allemand de la sorte ? fit l'officier en se redressant soudain sur sa chaise et en adressant à son interlocuteur un premier regard rempli de curiosité.

– Dans les livres, répondit mon père.

Il sortit alors de sa poche un recueil de poèmes aux pages cornées et à la couverture jaunie, et le posa sur le bureau. L'Oberleutnant y jeta un œil attentif et, étonné, s'exclama :

– Anthologie de la poésie allemande en version bilingue. Voilà qui est intéressant. Où vous êtes-vous procuré cet exemplaire ?

– Dans une librairie de Berlin, il y a bien des années. Non loin d'Alexanderplatz.

– Vous connaissez Berlin ? demanda Kurt Nagel, de plus en plus intéressé.

– Oui. J'ai eu la chance de voyager. J'étais voyageur de commerce pour une société parisienne de parfumerie. Mais tout cela, c'était avant la guerre. Longtemps avant.

Cette fois, l'étonnement de l'officier laissa place à de l'admiration.

– Savez-vous que je ne connais pas Berlin ?

Mon père ouvrit de larges yeux. Kurt Nagel lui expliqua alors :

– Je suis né à Düsseldorf.

– Je comprends.

Il y eut un long silence pendant lequel les deux hommes se regardèrent, un peu gênés. Puis l'officier demanda alors :

– L'abbé Presset. Comment va-t-il ?

– Bien, je suppose. En tout cas, ce matin, il allait bien.

– Un homme un peu froid au premier abord, mais très droit. Et très cultivé.

Cette fois, mon père ne répondit pas. Il ne savait plus quoi penser de cet abbé. Comme il ne savait plus quoi penser de tout et de tous en cet instant précis. A vrai dire, il était un peu perdu, même s'il savait que l'homme devant lequel il se trouvait était bien l'être pétri d'humanité que l'abbé lui avait décrit. Il n'avait rien d'un militaire, encore moins d'un officier allemand, et pourtant il était tout cela à la fois. Qui plus est Oberleutnant. Et en temps de guerre. Comment se faisait-il qu'il eût conservé autant d'humanité dans le regard alors que tous ceux de sa race n'étaient plus que des machines prises dans un engrenage de mort et d'extermination ? Mon père n'en revenait pas.

Devinant l'embarras de son interlocuteur, Kurt Nagel se saisit du volume de poèmes et se mit à le feuilleter avec délices, comme s'il y retrouvait là des fragrances oubliées. Enfin, il choisit une page au hasard et lut quelques lignes avec une émotion contenue :

Je ne suis qu'une ombre dans un tombeau d'étoiles
Une ombre noire allongée dans un cercueil d'or
Et lorsque soufflera le zéphyr de la mort
Vers les froides ténèbres je mettrai la voile

Je m'envolerai vers les rêves azuréens
Bercé par le son d'une musique inquiétante

Guidé par les phalènes aux lueurs éclatantes
Qui, tels des astres, illumineront mon chemin

Je suis tombé ce matin au champ de bataille
Comme tant d'autres victimes d'une guerre inutile
Et voilà que lentement mon âme vacille
Ma pauvre vie, vraiment, ne vaut plus rien qui vaille

Je ne suis qu'une ombre dans un tombeau d'étoiles
Une ombre noire allongée dans un cercueil d'or
Et lorsque soufflera le zéphyr de la mort
Vers les froides ténèbres je mettrai la voile.

L'Oberleutnant redressa la tête et resta quelques instants les yeux fermés, comme touché par la grâce divine. Ces quelques mots venaient de l'atteindre en plein cœur. Puis il ouvrit les yeux et déclara :

– Je ne connaissais pas ce poème. Quel est son titre ?

– Il n'a pas de titre.

– Pas de titre. C'est curieux. Dans ce cas, qui est son auteur ?

– Personne ne l'a jamais su.

– De plus en plus étrange. Mais cela ne change rien, c'est un beau poème, peut-être l'un des plus beaux que j'aie jamais lus.

C'est alors que mon père, comprenant qu'il avait affaire à quelqu'un de profondément humain, prit de l'assurance et l'éclaira de ses lumières :

– Herr Nagel, voyez-vous, ce texte que vous venez de lire et d'apprécier à sa juste valeur a été retrouvé dans une tranchée, à Verdun, aux derniers jours de la Première Guerre mondiale… je crois que c'était par un membre de la Croix-Rouge… mais je n'en suis pas sûr… enfin peu importe… l'essentiel c'est qu'on l'ait trouvé et qu'on l'ait lu… dans une tranchée, vous imaginez… une simple feuille maculée de boue et de sang, pliée en quatre et rangée dans un petit coffret en fer… son auteur n'a jamais été identifié… sans doute un officier allemand, tout comme vous… ou un simple soldat… On ne saura jamais.

Un long silence, puis il ajouta :

– Mais au fond, est-ce bien utile de lui donner un titre ou de connaître le nom de celui qui l'a écrit ? Il s'agit du testament d'un homme, c'est tout ce qui compte. Il y a tout dans ce poème. La détresse, la souffrance, la misère, la tristesse, le chagrin, la mort, l'horreur de la guerre. Relisez-le, regardez bien entre les lignes et vous verrez que je dis la vérité. Et pourtant, tout est dit en musique, avec des mots d'une douceur de soie. Parce que c'est à ça que sert la poésie. A rendre nos misères humaines plus supportables.

L'officier resta figé quelques secondes, puis répéta, comme hypnotisé :

– Je ne suis qu'une ombre dans un tombeau d'étoiles…

– Nous sommes tous des ombres, Herr Nagel. Vous comme moi. Et nous mourrons tous un jour. De la guerre ou d'autre chose. Mais que serait la vie sans la poésie ? Sans la beauté des choses ? Sans un peu d'amitié et un peu d'amour ?

Il y eut alors un bruit de voix dans le bureau voisin, ce qui rompit le charme de cet instant unique. L'Oberleutnant reprit soudain son assurance habituelle, ferma le volume et le rendit à son propriétaire.

– Vous pouvez le garder, intervint mon père. J'en possède un second exemplaire.

– Je vous remercie, mais je ne sais si je dois accepter...

– Considérez ce geste comme un témoignage d'amitié et non comme une prise de guerre.

L'officier regarda longuement cet homme étrange au regard bleu et franc. Puis, après avoir rangé le volume dans le tiroir de son bureau, il déclara :

– Très bien, monsieur Vandœuvre. Je vais voir ce que je peux faire pour vous.

Mon père revint pourtant seul à la maison, arborant un visage grave et inquiet, comme le général d'une armée en déroute au terme d'une sanglante bataille. Il posa son vélo contre le mur de la maison, bien à l'ombre pour se protéger de la chaleur étouffante de cette fin d'après-midi, reprit son souffle quelques instants, et se dirigea vers la porte d'entrée où l'attendait une relative fraîcheur.

– Alors, qu'en est-il ? demanda aussitôt ma mère lorsqu'elle le vit franchir le seuil de la cuisine et, dans un geste de dépit, jeter son feutre sur la table.

Mais mon père prit un malin plaisir à ne pas répondre tout de suite et à nous faire languir. D'abord il nous jeta à tous les deux un regard rempli de commisération, sortit de sa poche un mouchoir dont il s'essuya le front à plusieurs reprises, se dirigea vers l'évier où il se servit un grand verre d'eau fraîche qu'il but avec avidité, soupira d'aise, et s'en resservit un second. Enfin, jugeant que nous n'en pouvions plus d'attendre, il se retourna vers nous et déclara :

– J'ai pu faire libérer le maire. Il est déjà rentré chez

lui. L'officier allemand que j'ai rencontré a bien voulu signer son ordre de sortie.

– A la bonne heure ! déclara ma mère, visiblement soulagée de cette issue.

– En revanche, je n'ai rien pu faire pour les quatre prisonniers de Bornery.

Un silence glacial s'installa dans la pièce. Ma mère, accusant le coup, s'effondra sur une chaise et se mit à gémir comme s'il s'agissait de ses propres enfants. Je comprenais ce qu'elle ressentait. Les souvenirs cruels affluaient.

– Sont-ils toujours retenus à la Kommandantur ? demandai-je alors.

– Hélas ! Je n'en ai pas la moindre idée. Je n'ai même pas eu le droit de les apercevoir. L'Oberleutnant Nagel ne sait même pas lui-même où ils se trouvent. Des ordres ont peut-être été donnés pour les transférer ailleurs.

Nous échangeâmes tous les trois des regards dans lesquels se mêlaient à la fois la détresse et la pitié. On ne pouvait donc rien pour ces malheureux ?

– Et les maquisards ?

– Ceux-là, Dieu seul sait où ils sont. Sans doute volatilisés dans la nature une fois leur acte accompli. J'ai bien peur que ces héros ne nous amènent que des ennuis. Les Allemands ont perdu des hommes. Et de ce fait, tant qu'ils n'auront pas retrouvé les véritables auteurs de l'attaque de Bornery, ils ne relâcheront jamais les prisonniers.

Aucun de nous trois n'osa avouer qu'il y avait peu de chance qu'on les retrouve un jour.

– Tout cela n'annonce rien de bon, dit encore mon père.

C'est alors qu'un éclair zébra le ciel, comme pour ponctuer ses paroles, et que le premier coup de tonnerre ébranla la maison. Ma mère, terrifiée comme à chaque orage, ferma aussitôt les volets, se saisit de son chapelet et invoqua la Vierge Marie, la priant d'épargner sa demeure.

Alors, tandis que mon père, fatigué par sa course, se reposait dans le fauteuil du salon, je me précipitai à la fenêtre et regardai tomber les premières gouttes de la première pluie de cet été assassin.

Lorsque je retournai au café, la nuit commençait à s'installer sur les montagnes alentour, les nimbant d'un halo de soleil flamboyant qui asséchait les derniers nuages en fuite vers l'est. La pluie avait cessé et l'orage s'éloignait, derrière les contreforts des Alpes.

Le Verre Galant était pratiquement désert. Seuls deux clients s'attardaient au fond de la salle, occupés à vider leur énième Pernod autour d'une piste de dés. Eléonore, quant à elle, était toujours à la même place, assise sur un tabouret derrière son comptoir.

Quand les deux joueurs en eurent terminé avec leur partie de 421 et qu'ils eurent quitté l'établissement, elle ferma la porte à double tour, tira les rideaux et se tourna vers moi :

– Alors ? demanda-t-elle en redressant la tête, dans l'attente d'une bonne nouvelle.

Je lui expliquai en quelques mots la situation – l'intervention manquée du maire auprès des Allemands, celle de mon père à la Kommandantur, et le fait que personne ne savait ce qu'il allait advenir des prisonniers. Mais elle ne m'écoutait déjà plus. Le visage marqué, presque décomposé, elle semblait puiser au fond d'elle la force d'avouer un terrible secret. C'est alors qu'elle baissa la voix et me posa cette question que je croyais anodine, mais qui en fait ne l'était pas :

– Tu crois que les Allemands vont les relâcher ?

– Oui, je l'espère.

– Moi, je n'en suis pas sûre… j'ai très peur pour eux…

Un long silence, puis elle reprit :

– Il faut que je te dise… j'étais au courant pour l'attaque de Bornery. C'est Beaufort qui a tout organisé… c'est lui le véritable responsable. Bien sûr il ignorait que ça tournerait mal et que les Allemands s'en prendraient à des innocents. Mais on ne peut pas savoir, pas toujours, et encore moins revenir en arrière…

Je la regardai avec beaucoup d'inquiétude, parce que je subodorais qu'elle me cachait quelque chose. Quelque chose de plus grave encore.

– Comment sais-tu tout cela ?

Elle hésita longuement, puis avoua :

– Beaufort est mon fiancé.

Cette fois, ce fut moi qui me décomposai, comme si je venais de prendre vingt ans en une seconde. Ainsi, l'homme qui était à l'origine de l'arrestation de mon meilleur ami était aussi l'homme qui m'avait volé mon amour. Un double ennemi. Je compris alors que nous allions au-devant de bien des ennuis.

Comme je restais sans voix, ce fut Eléonore qui raconta :

– Beaufort, je l'ai rencontré il y a plusieurs mois. Nous nous retrouvons parfois, mais personne ne sait rien de notre aventure, car il vit dans la clandestinité. C'est un homme admirable… je crois que je suis amoureuse de lui… il m'a même offert cette bague…

Je vis alors, à l'annulaire de sa main droite, un diamant serti dans un anneau en argent et qui brillait comme une petite pointe de lumière blanche dont l'éclat m'aveugla.

– Très bien, fis-je, d'un ton qui se voulait détaché, neutre, comme si tout ce qui se rapportait à elle ne me concernait plus.

La conversation s'arrêta là. Il était inutile d'en dire davantage. Inutile de continuer. Eléonore le comprit très vite. Cela n'aurait servi qu'à nous faire souffrir tous les deux.

Alors, sans un mot, elle se leva, débarrassa les tables, lava les verres et les tasses, nettoya le comptoir, empila les chaises les unes sur les autres, balaya le sol et le lava à grande eau. Lorsqu'elle eut terminé, elle quitta son tablier qu'elle accrocha au petit portemanteau en forme de perroquet puis, avant de sortir par la porte de service, elle tourna son visage vers moi et me confia d'une voix douce :

– Je dois fermer.

Je la suivis, hagard et songeur, comme un chien que son maître vient d'abandonner et qui, par réflexe, répond encore à l'appel d'un inconnu.

Sur le perron, elle resta quelques minutes à observer le ciel. Au sol, quelques flaques de pluie reflétaient l'éclat de la lune et des étoiles que l'orage avait rendues plus brillantes. Eléonore me fixa de son regard de feu. Puis elle s'approcha de moi et fit une chose surprenante. Elle posa ses lèvres sur ma joue, comme si par ce geste de tendresse elle désirait se racheter de cet aveu. C'était certainement ce qu'elle pouvait faire de pire. Ce baiser fut pour moi plus atroce qu'une brûlure. C'était la première fois que je sentais si intensément le contact de sa chair contre la mienne, mais j'en conçus une immense amertume, parce que je sus à cet instant qu'elle ne m'offrirait jamais davantage.

J'aurais voulu lui parler, lui dire que je l'aimais comme un fou, qu'elle commettait une terrible injustice en fréquentant ce Beaufort que je haïssais déjà sans le connaître, mais j'étais comme changé en statue. Et ce n'était guère le moment des confidences. Plutôt celui d'agir et de lui prouver qui j'étais.

– Tu sais où il se cache, Beaufort, n'est-ce pas ?

D'un mouvement de tête, elle répondit par l'affirmative :

– Tu veux lui parler, c'est ça ?

– Oui, il le faut.

Elle s'assura que nous étions seuls et que personne ne pourrait nous entendre du dehors, puis elle murmura :

– C'est à la grange de la Belle Etoile, au-dessus du col de Tamié, après le hameau de la Ramaz.

– Très bien. Je vais aller le voir tout de suite.

Eléonore parut très impressionnée.

– Ce soir ? Dans cette obscurité ?

– Il n'y a plus de temps à perdre. Il faut sauver Julien et les autres.

Elle me lança un dernier sourire. Je ne lui avais jamais avoué mes sentiments à son égard, mais je crois qu'elle avait tout deviné, comme elle avait deviné que je faisais ça autant pour mon ami que pour l'impressionner, elle.

– Je suis heureuse que tu le prennes comme ça.

Je ne répondis rien parce que je n'aurais su que dire.

– Bonne chance à toi, fit-elle encore.

Elle se dégagea alors prestement, me lança un dernier adieu et disparut dans la nuit d'été, me laissant seul avec mes regrets.

La grange de la Belle Etoile était située à mille mètres d'altitude, perdue dans les alpages du massif des Bauges, au-dessus du col de Tamié. C'était un vieux corps de ferme dont il ne subsistait que la partie centrale, une vaste pièce dont le sol était constitué d'une mosaïque de tommettes rouges, d'un corps de cheminée assez large pour y faire flamber un arbre entier et de deux croisées aux vitres ébréchées. Elle n'appartenait plus à personne depuis longtemps et, n'était la présence des résistants qui en avaient fait un lieu de rassemblement, on l'aurait crue à l'abandon.

Je décidai de m'y rendre à vélo. C'était une folie, bien entendu, parce que ça grimpait dur, et sans jamais s'arrêter, plus de sept cents mètres de dénivelé, tout ça dans l'obscurité. Mais je n'avais guère le choix. Et puis je connaissais la route ainsi que la grange pour m'y être arrêté lors de randonnées estivales, même si, de nuit, tous mes repères étaient faussés.

Lorsque je parvins à la grange, il était presque dix heures du soir. Sous le ciel étoilé, parmi les sapins de la forêt qui en formait l'écrin, la bâtisse ressemblait à l'épave d'un navire échoué sur une improbable lagune.

Un navire illuminé par une lampe à carbure attirant dans son halo un nuage de phalènes et de hannetons. Ce qui me parut étrange.

Une voix m'a tiré soudain de ma torpeur :

– Qui va là ? a-t-on demandé d'un ton impérieux.

Je suis descendu de vélo, l'ai posé contre une haie de noisetiers, et me suis approché en silence. C'est alors que j'ai découvert, adossée à un arbre, la silhouette imprécise et effrayante d'un homme armé qui pointait son fusil dans ma direction.

– Didier Vandœuvre, ai-je répondu. Je viens de la part d'Eléonore Verdussen.

L'homme a paru se détendre. Sans toutefois baisser son arme, il s'est penché pour me dévisager. J'ai alors pu distinguer son profil en contre-jour.

– Que viens-tu faire ici ?

– J'ai un message pour le commandant Beaufort.

Il s'est avancé de quelques pas et, cette fois, est apparu en pleine lumière. C'était un homme massif aux épaules larges et au visage carré, les cheveux bruns coupés ras et les yeux d'un noir profond. Il portait à la ceinture une cartouchière qui m'a paru assez lourde. Ses godillots, ses guêtres et son béret lui donnaient l'allure d'un militaire. Encore une chose : il avait ôté le cran de sûreté de son arme.

– C'est moi. Que me veux-tu ?

C'était donc lui, Beaufort. L'homme qui, depuis plusieurs mois, organisait la Résistance dans le massif des Bauges. L'homme qui avait conduit Charvin, Lafaille et les frères Roche à se faire arrêter par les Allemands. L'homme qui, en quelque sorte, avait pris dans le cœur d'Eléonore la place qui aurait dû être la mienne.

– Vous faire savoir que l'attaque de Bornery a eu des conséquences graves.

Je lui ai expliqué en quelques mots ce qui s'était passé et, surtout, ce que j'attendais de lui.

– Seule une intervention de votre part peut faire libérer ces innocents.

Beaufort a éludé :

– Cela ne servirait à rien. Les Allemands savent très bien que ces quatre-là n'y sont pour rien. Même si je me rends, ils ne les relâcheront pas.

– Pourquoi donc ?

– Pourquoi ? Tu me demandes pourquoi ? Mais parce que les boches ne cherchent qu'une chose, c'est à faire un exemple : un Allemand tué, dix civils tués. Peu importe qui paye les pots cassés. Ils ne veulent pas des coupables, simplement des boucs émissaires.

– Et cela ne vous gêne pas que des innocents payent à votre place ? Que doivent-ils penser de vous, à cette heure, dans les geôles de la Kommandantur ?

– Je suis désolé, mais ce sont eux qui se sont fait prendre, pas moi. Je ne peux rien faire pour eux…

Beaufort, voyant la déception se lire sur mon visage, m'a tendu son paquet de cigarettes.

– Tiens, prends-en une. Tu m'en diras des nouvelles.

– Des anglaises. On ne se refuse rien dans la Résistance.

– Tu n'as qu'à venir nous rejoindre et tu pourras en fumer autant que tu voudras.

Je l'ai fixé un instant sans rien dire. Puis j'ai pris la cigarette qu'il me tendait et je l'ai allumée. Toujours sans un mot. Ce n'est qu'ensuite, après avoir inhalé la première bouffée, puis l'avoir recrachée dans un rond de fumée qui s'est dissipée dans la poussière des étoiles, que j'ai dit :

– Alors, vous croyez que je dois m'engager moi aussi dans la Résistance ?

Beaufort a paru surpris.

– Bien sûr. Ça en vaut la peine.

– Pourtant, aujourd'hui, il y a eu deux blessés lors de l'attaque de Bornery.

– Mirantin et Lombard ? Ils s'en remettront vite. Et cela fait partie des risques.

J'ai attendu un instant avant de ressasser encore :

– Peut-être. Mais quatre hommes de Gilly ont été arrêtés par votre faute. Et parmi eux, il y a mon meilleur ami, Julien Roche.

Le maquisard, cette fois, a semblé agacé. Jetant son mégot sur le sol, il l'a écrasé rageusement du talon et s'est emporté :

– Qu'est-ce que tu crois ? Que la guerre, ça se fait avec des soldats de plomb ? Chaque homme doit payer son tribut à la nation. Chaque homme sait qu'il peut y laisser sa peau. Il en va de notre salut.

– Peut-être, mais à quoi sert de mourir à vingt ans ?

– A la gloire.

– La gloire, on s'en fout.

Beaufort a soudain vu rouge. Avec une force inouïe, il m'a empoigné par le revers de la veste et m'a soulevé de terre comme une plume. J'ai cru qu'il allait m'infliger une correction, mais au dernier moment il s'est ravisé et m'a reposé sur le sol.

– J'ai eu tort de te proposer de devenir un maquisard. Tu n'as pas l'étoffe d'un héros. Rentre chez toi, petit.

Et que je ne te revoie plus jamais. Tu n'es qu'un planqué ! Un petit salopard de planqué !

Puis, d'un geste de la main, il m'a fait signe que je devais déguerpir au plus vite.

Sous l'insulte venant de cet homme à l'origine de tous mes déboires, le flot de colère que j'avais réussi à contenir jusqu'en cet instant a débordé en moi comme un fleuve hors de son lit, a bouillonné dans mes veines. Je me suis jeté sur lui avec une rage de bête sauvage et je l'ai renversé. Le maquisard, surpris par la soudaineté de mon geste, n'a rien pu faire. Il a basculé en arrière, son bras a heurté le tronc d'un chêne, et son fusil est tombé à terre, canon pointé vers le ciel. Il y a eu un déclic, comme si on appuyait sur la détente, puis tout s'est enchaîné, sans que ni l'un ni l'autre ne puissions rien. La détonation a déchiré le silence, comme si la foudre venait de tomber sur nos têtes. Nous avons roulé tous les deux sur le sol de mousse. Un instant, j'ai cru que j'étais mort. Je me suis relevé. Et c'est alors que j'ai compris. En voyant la face ensanglantée de Beaufort. J'ai compris que c'était lui, le mort, et moi l'assassin. Le coup tiré à bout portant lui avait perforé la tempe droite, d'où s'écoulait un filet de sang.

Dieu sait que je n'avais jamais voulu ça, que c'était un accident, un stupide accident. Et pourtant Beaufort était là à mes pieds, sans un souffle de vie.

Alors, je me suis enfui, j'ai quitté la grange de la Belle Etoile en tremblant d'effroi.

Je crois avoir dévalé la route sur mon vélo pendant de longues minutes avant de recouvrer mes esprits. Comme si je venais d'entrer dans un monde de ténèbres et que je tentais, par une course folle, de fuir en direction d'un improbable soleil. Mais tout était noir, dans ma tête comme au-dehors, et j'étais tellement perdu dans cette obscurité que je n'ai pas entendu la Delahaye d'Antonin Carraz arriver devant moi.

Aveuglé par la lumière des phares, je n'ai pu contrôler ma course et, évitant de justesse l'auto, j'ai fait un écart qui m'a projeté dans le fossé. Carraz a freiné aussitôt dans un crissement de pneus, est sorti de l'auto en courant et s'est approché :

– Ça va ? Rien de cassé ?

Comme je ne répondais pas, sans doute sonné par le choc, il est remonté à bord de sa Delahaye, a fouillé dans la boîte à gants, en a sorti une lampe-torche, puis est descendu dans le fossé. C'est là qu'il m'a découvert, allongé au milieu d'une haie de charmille.

– Eh bien ! a-t-il dit en comprenant que je n'étais que légèrement commotionné. Tu m'as fait une de ces peurs !

Il m'a aidé à me relever et m'a forcé à risquer quelques pas afin de s'assurer que je n'étais pas blessé. J'ai senti une douleur au flanc droit et découvert quelques ecchymoses sur mes avant-bras et mes jambes, mais par bonheur rien de cassé. En revanche, ma bicyclette était désormais inutilisable : la roue avant voilée, la chaîne sortie du dérailleur, le câble du frein sectionné. Voyant cela, Carraz m'a intimé :

– Monte, je te ramène.

J'ai voulu refuser, mais il a ouvert la portière du côté passager et a répété avec détermination :

– Monte, je te dis ! Tu es bien Didier, le fils de Maurice Vandœuvre ? Celui qui habite à Aidier ?

– Oui. C'est moi.

– Monte. Ce sera plus confortable pour toi que de rentrer à pied.

Je n'avais guère le choix. J'ai pris place à l'avant de la Delahaye. Une odeur de cuir neuf m'a sauté au visage. L'automobile était un modèle de luxe. Le volant en ébène, les sièges en cuir beige, le tableau de bord en noyer. Tout cela était trop neuf et trop rutilant pour moi, à m'en sentir mal à l'aise.

Carraz, faisant peu de cas de mon embarras, a pris place au volant, a claqué sa portière, enclenché une vitesse et, tout en démarrant, m'a confié :

– Au fond, cela aurait pu être plus grave. J'aurais pu t'écraser comme une crêpe. Quelle idée, aussi, de faire du vélo en pleine nuit !

Après quelques soubresauts, la Delahaye s'est engagée sur la route et nous avons pris la direction de la vallée. Comme je ne parlais toujours pas, Carraz a continué son monologue :

– Eh bien ! Tu en fais une tête ! On croirait que tu viens de voir la mort en face.

Il ne pouvait mieux dire.

– Que fais-tu dehors à onze heures du soir ? As-tu oublié le couvre-feu ?

– La nuit, je pose des pièges à oiseaux dans la forêt. Il y en a beaucoup par ici. Des merles, des étourneaux, parfois des grives.

Carraz savait qu'il s'agissait d'un mensonge, mais il a fait semblant d'y apporter crédit.

– Je comprends. A la guerre comme à la guerre, n'est-ce pas, mon petit Didier ?

– Oui, on se débrouille comme on peut.

Quelques poignées de secondes ont passé dans un silence absolu, si ce n'était le crissement des pneus qui s'accrochaient à l'asphalte dans chaque virage en épingle. Puis Carraz a repris :

– Enfin, tu me diras ce que tu voudras, mais j'estime qu'il est bien dangereux de se promener ainsi de nuit. Surtout après ce qui s'est passé aujourd'hui et qui a mis la région en ébullition. Surtout après l'attaque de Bornery.

Cette fois, j'ai compris pourquoi il avait tenu à me raccompagner : pour m'interroger. J'ai répondu sans la moindre hésitation :

– Oui, bien sûr. Parmi les prisonniers, il y a même mon ami Julien Roche.

Carraz m'a jeté un regard de biais, puis :

– C'est bien dommage pour lui... oui, c'est bien dommage...

– Qu'est-ce qui est dommage ?

– Que les auteurs de l'attaque n'aient pas été

retrouvés. A cause d'eux, quatre pauvres types vont payer à leur place… et en premier lieu ton ami.

Puis, sans être relancé, il m'a annoncé :

– L'affaire se complique. J'ai appris que les prisonniers ne sont plus à la Kommandantur d'Albertville.

– Où sont-ils ?

Tout en conduisant, il a sorti de sa poche sa montre à gousset dont il a caressé le verre dépoli avec son pouce, puis a déclaré :

– On les a transférés à Grenoble.

J'ai encaissé la nouvelle sans broncher. S'agissait-il de la vérité ou d'un piège qu'il essayait de me tendre ? Le mieux était de rester évasif.

– Il est donc trop tard pour intervenir.

– Erreur, il n'est jamais trop tard. Il suffirait de trouver les maquisards qui ont fait le coup pour tout arranger.

Il a tourné la tête vers moi et m'a demandé soudain :

– Sais-tu qui a fait le coup ?

Un frisson m'a parcouru tout le corps. J'ai compris que Carraz sillonnait la montagne en pleine nuit pour les retrouver. Décidément, s'il y avait un salaud dans cette histoire, c'était lui. Et de la pire espèce.

– Je n'en sais rien, ai-je menti.

– Tu en es certain ? Tu n'as même pas une petite idée de l'endroit où ils se cachent ? Tu traînes souvent au café du village, à force, tu dois entendre des choses.

– Non. Rien à ce sujet. Et même si je savais, je ne dirais rien. Inutile d'insister.

Carraz a crispé les poings sur son volant, mais est resté silencieux. Par chance, nous approchions du village. La Delahaye a négocié un dernier virage, puis s'est arrêtée à la hauteur du pont d'Aidier. Je suis aussitôt sorti de la voiture, ai ouvert le coffre et récupéré ce qu'il restait de mon vélo.

– Bonsoir, ai-je dit en m'éloignant.

Carraz a baissé sa vitre, s'est penché au-dehors et m'a crié :

– Si tu veux me parler, tu sais où me trouver, n'est-ce pas ?

Il avait ses bureaux en ville, juste en face de la Kommandantur. Au fond, il y avait une certaine cohérence en ce monde.

– Je n'ai rien à dire, monsieur Carraz. Bonne nuit.

J'allais quitter la route et prendre à travers champ lorsqu'il a ajouté :

– Je ne suis peut-être pas un ange, Didier. Mais, en temps de guerre, il n'y a pas de place pour les anges.

Je suis resté quelques instants immobile, sans rien dire. Carraz a compris que je ne dirais plus rien. Moi non plus je n'étais pas un ange. Alors il a refermé sa vitre et s'est éloigné au volant de sa Delahaye, en direction d'Albertville.

Lorsque je suis rentré chez moi, les douze coups de minuit avaient sonné depuis longtemps et, à la pendule du salon, le temps dérivait lentement vers le grand large de la nuit.

En gravissant l'escalier, j'ai remarqué de la lumière sous la porte de la chambre de mes parents. Sans doute étaient-ils restés éveillés à guetter ma venue. C'étaient des personnes qui dormaient peu et vivaient dans l'inquiétude. J'aurais dû me précipiter pour les voir, les mettre dans la confidence, tout leur expliquer. Mais leur expliquer quoi ? Que la femme que j'aimais était fiancée à un résistant auréolé de gloire, ce qui me causait un effroyable chagrin ? Que cette nuit, ce même homme était mort par ma faute, ce qui faisait de leur fils un assassin ? Que Julien Roche n'était plus à la Kommandantur d'Albertville, mais à Grenoble, ce qui signifiait que l'affaire s'aggravait et que nous n'avions plus guère d'espoir de le faire libérer ?

Cela faisait beaucoup d'aveux, et sans doute n'aurais-je pas trouvé les mots pour exprimer le désarroi dans lequel je me trouvais. C'était beaucoup trop compliqué. Tout était trop compliqué. Aussi ai-je préféré les laisser en paix.

J'ai regagné ma chambre sans bruit, évitant de faire craquer les lames du parquet afin de ne pas les alerter de ma présence, et me suis étendu sur mon lit sans prendre la peine de me déshabiller. J'étais trop épuisé pour cela. Il s'était passé tant de choses depuis le matin…

Et puis, surtout, s'imposait à moi un cas de conscience qui me jetait dans un puits d'effroi. Devais-je donner les noms des maquisards à Carraz et aux Allemands dans le but de faire libérer les prisonniers, et ainsi trahir Eléonore, mes convictions et ma patrie ? Devais-je également révéler la manière dont Beaufort avait trouvé la mort ?

Tout bien réfléchi, il m'a semblé que la prudence s'imposait dans les deux cas de figure. Je n'avais guère confiance en Carraz, et rien ne me garantissait qu'une fois les responsables de l'attaque de Bornery identifiés, les prisonniers seraient libérés. Carraz l'avait avoué lui-même : ils avaient été transférés à Grenoble. C'était loin d'ici. Un autre monde.

Concernant le décès de Beaufort, j'ai tenté de me persuader qu'il s'agissait d'un stupide accident, et qu'il valait mieux n'en rien dire à personne. Il serait toujours temps de parler après, d'avouer plus tard. Même si la noirceur de cette tragédie devait peser sur ma conscience jusqu'à la fin de mes jours.

Carraz avait raison. En temps de guerre, il n'y a pas de place pour les anges et leur pureté. Au fond, nous étions tous coupables de nos actes. Et avant tout, de nos actes manqués.

Je suis resté prostré sur mon lit de longues minutes, m'efforçant de chasser ces images qui dansaient devant moi jusqu'à me rendre ivre du vin mauvais des remords. J'étais meurtri, blessé, vidé. Puis, comme si mon esprit tiraillé de toute part refusait soudain de lutter, j'ai fini par plonger dans les abîmes du sommeil.

Mon repos a été de courte durée. Le jour n'était pas encore levé lorsque je me réveillai en sursaut après une nuit cauchemardesque. J'avais rêvé que je passais en cour d'assises et qu'un juge, qui prenait tour à tour le visage de Beaufort, d'Eléonore et de Julien Roche, m'accusait de bien des crimes, me condamnait à la peine de mort, et je finissais sur l'échafaud. Un rêve confus, mais assez réaliste pour me submerger de peur et m'ôter toute envie de me rendormir.

Mon réveil indiquait cinq heures. Je décidai de me lever et d'aller relever mes nasses dans l'Isère – depuis le début de la guerre, je me livrais à cette occupation une à deux fois par semaine. Cela me procurerait une échappatoire : je ne verrais personne avant ce soir. Car avec tout ce qui s'était passé la veille, je ne me sentais pas en mesure de soutenir le regard de qui que ce soit. Ensuite, seulement ensuite, je rentrerais chez moi et tenterais d'oublier tout cela.

Je me suis levé, presque serein d'avoir pris une telle décision, quittai ma chambre et me dirigeai vers la cuisine en souhaitant que personne ne s'y trouve. Par chance, mes parents dormaient encore. J'ai fait un brin de toilette, pris quelques victuailles ainsi qu'une bouteille de vin que j'ai rangées dans un sac et suis sorti de la maison.

C'est à cet instant que j'ai croisé Valentine Fontbrune qui, elle aussi, s'était levée de bonne heure, mais pas pour la même raison que moi. Elle avait l'habitude, les jours où elle ne travaillait pas, de se rendre à Chambéry afin d'acheter au marché noir les provisions que nous ne trouvions plus à Albertville.

Vêtue de sa robe à fleurs et chaussée de sandalettes à lanières de cuir entrelacées sur ses chevilles, elle m'a paru radieuse comme un soleil d'été. Lorsqu'elle m'a vu, ses prunelles fauves se sont enflammées comme deux astres. Et soudain, de la voir si jolie dans cette aube d'été, après cette tragédie, j'en ai eu presque les larmes aux yeux.

– Eh bien, où vas-tu de si bonne heure ? m'a-t-elle demandé en ajustant des rubans de couleur dans ses cheveux.

L'idée m'a effleuré une seconde de me confier à elle, de lui révéler la vérité, toute la vérité, qu'Eléonore en aimait un autre que moi, un homme qui était mort par ma faute, que les prisonniers avaient été transférés à Grenoble, que j'étais sans doute, en cet instant précis, le plus malheureux des hommes, mais j'ai tenu bon et j'ai simplement avoué :

– Je vais à la pêche.

– Sans canne ni hameçon ?

– Je n'en ai pas besoin. Je les pêche à la main.

C'était interdit, bien entendu, mais moins répréhensible que de tuer un homme.

– Quant à toi, tu vas à Chambéry. Avec le car de six heures.

– Oui. J'espère trouver de la farine, du sucre, et peut-être même du chocolat. Je ne me souviens même plus quel goût a le chocolat.

– Je n'en ai plus mangé depuis une éternité. Mais je crois me souvenir que c'est très bon.

Valentine m'a offert un large sourire avant de me quitter.

– Bonne journée, Didier.

– Bonne journée à toi aussi, Valentine.

Et pour la première fois depuis que je la connaissais, j'ai eu le cœur serré de la voir partir.

Ce matin-là, peu après avoir quitté Valentine Fontbrune, j'ai cru un instant que même un assassin avait droit à la rédemption. Et qu'au cœur d'une tragédie telle que celle que je vivais, il subsistait un espoir, un souffle de vie, une porte de sortie. Je pensais tout connaître de l'enfer. Il n'en était rien. Le pire restait à venir.

Et pourtant il faisait beau. Une aube caressante venait de se lever sur la combe de Savoie, un premier rougeoiement de soleil avec, çà et là, quelques nuages de brume comme des cicatrices peintes au lavis dans un ciel encore piqueté d'étoiles. Du haut de la Voie lactée, un tourbillon de couleurs se déversait sur le monde. Des verts mêlés d'or, des grenats et des ocres en longues flammèches, bientôt absorbées par le bleu azur de l'été. La lune cédait peu à peu la place à un soleil éclatant.

C'était un ciel d'une étonnante pureté, comme en un paradis inconnu. Un vrai temps de curé, même si déjà la chaleur montait. Malgré l'orage de la veille, ce serait une journée de canicule.

Je me suis rendu au bord de l'Isère, dans l'espoir

d'une pêche miraculeuse. Quelques truites arc-en-ciel, comme pour me narguer, me montraient leur flanc argenté en jaillissant à la surface avant de disparaître dans les méandres du courant. Sur l'autre rive, des ajoncs et des roseaux se dressaient dans l'aurore, comme des fantômes inquiétants que le jour naissant ne parvenait pas à dissiper. Il était six heures du matin.

Je me suis approché des nasses que j'avais posées quelques jours plus tôt, sans bruit, telle une ombre que le soleil gomme peu à peu.

Après m'être assuré que personne ne m'observait, j'ai couru vers la première nasse. Mon piège avait fonctionné : trois truites s'y étaient enfermées, incapables de prendre la fuite.

Je me suis senti heureux comme un enfant qui vient de découvrir un trésor. J'aurais sans doute eu le temps de goûter à cette sérénité si, soudain, n'était survenu ce terrible malheur que, depuis, je ne suis jamais parvenu à oublier.

Il y eut d'abord un sinistre craquement qui m'a fait sursauter. J'ai cru à un nouvel orage et au tonnerre qui grondait. Pourtant aucun nuage ne tachait l'azur déjà étonnamment bleu.

J'ai scruté le fleuve à la recherche d'une explication, et j'ai découvert, à quelques mètres en amont, une grosse branche échouée sur le gravier de la berge. En me penchant pour l'observer, mon sang s'est glacé. Sur cette branche étaient agrippés deux corps attachés l'un à l'autre avec du fil de fer barbelé. C'étaient deux noyés à demi nus, deux cadavres ensanglantés que le courant venait de déposer sur la rive. Deux damnés surgis des eaux noires de l'enfer. Je venais de découvrir les naufragés du *Radeau de la Méduse*. Ils m'ont paru si livides dans cette aurore, que j'ai songé au tableau de Géricault, découvert jadis dans un livre de classe.

Il ne m'a pas fallu plus de trente secondes pour parvenir jusqu'à eux et m'agenouiller à leurs côtés. Ce qui m'a frappé d'emblée, c'est l'odeur. J'ai compris qu'ils avaient dû passer de longues heures dans l'eau, parmi les herbes sauvages, avant d'échouer sur la grève. Peut-être avaient-ils péri noyés. Ou bien étaient-ils déjà morts lorsqu'on les avait jetés dans le fleuve. Ce qui était certain, en revanche, c'est qu'on les avait entravés l'un à l'autre avec du fil de fer barbelé, et livrés à un sort atroce.

Le premier avait le visage d'un gris terne. La bouche grande ouverte, il cherchait à aspirer l'air que ses poumons ne respiraient plus. Dans le trou ouvert à sa tempe droite, un caillot de sang s'était formé. Ses lèvres étaient gercées comme aux grands froids, et la peau de son visage se détachait par lambeaux entiers.

Quant au second, je n'ai d'abord rien vu de lui, si ce n'est que ses mains avaient blanchi sous l'action de l'eau et qu'à la façon dont ses ongles étaient plantés dans l'écorce de l'arbre, il s'était agrippé avec une force et une énergie exceptionnelles.

C'est alors que l'épouvante, la vraie, s'est emparée de moi : l'homme s'est redressé soudain, a saisi mon bras avec une force inouïe et a dit d'une voix étranglée :

– Aidez-moi ! Je suis vivant !...

Je l'ai su au timbre de sa voix, cet homme était celui dont nous étions sans nouvelles depuis la veille.

Cet homme, c'était Julien Roche.

Et pourtant, ce n'était pas lui tant, son visage était méconnaissable, tuméfié, ensanglanté. Comme si on avait labouré ses chairs avec un couteau. J'ai compris très vite que les épines du barbelé en étaient la cause. Sans doute avait-il vainement tenté de se libérer.

Luttant contre la panique qui m'envahissait, j'ai entrepris de le désentraver, durant ce qui m'a semblé une éternité. Au moment où enfin le dernier fil de fer a cédé, libérant les deux hommes, le compagnon d'infortune de Julien Roche a glissé dans les eaux, aussitôt emporté par le courant.

Julien, hagard, m'a confié alors d'une voix blanche :

– C'était François.

J'ai compris avec effroi que l'homme qui venait de disparaître et que je n'avais pas reconnu au premier abord n'était autre que son frère aîné. Tétanisé, j'ai pris le rescapé dans mes bras et l'ai serré de toutes mes forces. Mais je ne suis parvenu qu'à lui arracher un cri de douleur.

– Pardonne-moi. Tu vas t'en sortir. Je vais te tirer de là.

Julien m'a jeté un regard éperdu de reconnaissance, puis a paru renoncer. Il semblait exténué, au seuil de la mort. Sans doute n'avait-il plus assez de force pour lutter encore. Aussi ai-je pris dans mon sac un morceau de pain, un peu de fromage de tomme, ainsi que la bouteille de vin, et l'ai aidé à s'alimenter.

– Tiens, prends ça. Ça va te donner l'énergie nécessaire. Et puis je te porterai, s'il le faut. Mais je te promets que tu t'en sortiras. Tu ne peux pas mourir… non, tu ne peux pas, parce que je ne le veux pas, et que je ne te laisserai pas ici… !

J'ai presque crié en disant cela, parce que j'étais dans un tel état de détresse que j'aurais dit n'importe quoi pour lui donner la force de vivre. Mais Julien a semblé hésiter encore. Il a refusé du bout des lèvres les bouchées que je lui présentais.

– Je t'en prie ! Il faut prendre des forces !

Une rasade de vin, puis une seconde, lui ont redonné quelques couleurs aux joues. Enfin, puisant dans ses dernières ressources, il s'est levé et, tandis que je l'aidais à marcher, il m'a confié dans un souffle :

– Je savais que je pouvais compter sur toi.

Le chemin du retour fut un véritable calvaire pour nous deux. Il fallut nous cacher parmi les fourrés et les taillis bordant la route départementale, puis, parvenus au village, prendre à travers champs et rejoindre le hameau d'Aidier en longeant le cours des ruisseaux à sec. En fait, nous agissions comme des évadés en cavale, craignant à tout moment qu'on nous surprît et que l'aventure se terminât là.

C'était un jour férié, le 15 août, et malgré la guerre, tout semblait paisible. Le hameau de la Montaz, désert, dormait d'une douce langueur. Je compris que les habitants n'étaient pas encore sortis de chez eux et qu'ils se préparaient pour la procession de la Sainte Vierge qui devait avoir lieu un peu plus tard devant l'église. Ce qui, miraculeusement, nous laissait la voie libre.

Nous longeâmes la forêt jusqu'à Aidier sans rencontrer âme qui vive, ce qui nous prit encore une bonne demi-heure, puis pénétrâmes enfin dans la cour de la maison au moment où Julien, exténué, allait s'évanouir.

Ma mère, qui nous aperçut par la fenêtre de la cuisine, se précipita à notre rencontre en s'écriant :

– Bonté divine ! Il nous ramène un mort !

– Ce n'est pas un mort. C'est Julien Roche. Et il est blessé…

Sans attendre d'autres explications, elle héla mon père qui vint aussitôt me prêter main-forte, car j'étais moi aussi à bout de forces et je n'aurais pu faire un pas de plus.

– D'où venez-vous ainsi ? me demanda mon père, tandis que nous transportions mon ami sur le lit du salon et que, déjà, ma mère lui donnait les premiers soins, le frictionnant avec de l'alcool camphré et lui faisant respirer des sels d'Angleterre.

Je lui expliquai en quelques mots la manière dont je l'avais trouvé, en insistant sur le fait que je l'avais d'abord cru mort, ce qui ne le rassura guère.

– Ce qu'il faut faire, avant toute chose, c'est prévenir le Dr Bougrat.

– Je sais où le trouver, dis-je. A cette heure, il doit être encore chez lui.

Mon père planta son regard dans le mien et se fit menaçant :

– Mais, surtout, tant que le danger demeure et que nous ne savons pas ce qui s'est passé, il ne faut révéler sa présence à personne. Absolument personne. Tu m'as bien compris, Didier ?

L'avertissement s'adressait en vérité plus à ma mère qu'à moi, mais je compris l'astuce de mon père et déclarai :

– Je jure que je serai muet comme une tombe.

Mon père se tourna alors vers ma mère et demanda :

– Et toi, Jeanne ?

– Il faut quand même prévenir sa famille.

– Cela, je le ferai moi-même. Car il faut demeurer prudents, extrêmement prudents.

Ma mère hésita un instant, puis, comme à regret, finit tout de même par répondre d'une voix peu assurée :

– Je ne dirai rien.

Mais on voyait combien cela lui coûtait, car il lui faudrait désormais vivre avec un secret, ce qu'elle n'avait guère l'habitude de faire.

– Très bien, dit enfin mon père en se frottant les mains, comme s'il venait de remporter une victoire. Maintenant, le plus urgent, c'est de lui trouver un lit.

– Pourquoi ne pas lui donner le mien ? Je dormirai sur le plancher. Et là au moins, je pourrai veiller sur lui.

– Excellente idée, approuva mon père. En attendant, va chercher le docteur. Le temps presse.

Bougrat, par chance, était chez lui. Et même s'il me fallut le tirer de son lit, et lui expliquer en quelques mots de quoi il retournait, il accepta de s'habiller et de me suivre sans poser trop de questions. Tout au long du chemin, tentant de se persuader qu'il ne rêvait pas, il répéta toutefois comme une litanie :

– Allons bon ! Un assassinat au village… Si c'est une blague, tu vas m'entendre… Oui, tu vas m'entendre !

Mais lorsque nous parvînmes à la maison et qu'il vit la mine grave de mes parents, il lui fallut se rendre à l'évidence et accepter l'idée que je ne l'avais pas dérangé pour rien.

– Avant toute chose, je prendrais volontiers un café, dit-il en s'adressant à ma mère. Et pendant que vous y êtes, ajoutez donc une larme de genépi. Je n'aime pas commencer mes tournées à jeun.

Dans mon lit, Julien Roche l'attendait, étendu comme un mort. Son visage était exsangue et son bras droit devenu noir et sec comme la branche d'un arbre frappé par la foudre.

– Eh bien, si je m'attendais à cela ! fit le bon docteur, avant de s'agenouiller au chevet du malade et de l'ausculter.

L'examen dura quelques minutes pendant lesquelles nous observâmes le plus profond silence. Puis Bougrat releva la tête, se défit de son stéthoscope qu'il rangea dans sa trousse, et délivra son diagnostic tout en dégustant avec ravissement le café corsé de goutte que ma mère venait de lui apporter :

– La blessure au bras me paraît assez grave.

– C'est-à-dire ? demanda mon père.

Bougrat reposa sans ménagement la tasse sur le guéridon qui se trouvait au chevet du malade et dit d'un ton ferme :

– Sur un champ de bataille ou dans un hôpital, on l'amputerait immédiatement.

– Diable ! intervint ma mère, vous n'allez pas faire ça !

– Bien sûr que non, madame, dit le docteur. Cela m'est malheureusement impossible, je n'ai ni les instruments ni la structure médicale pour tenter cette opération.

Je crus qu'il plaisantait en disant cela, mais il n'en était rien. D'ailleurs, j'aurais dû savoir par expérience que cet homme ne plaisantait jamais.

– J'ai bien peur que son bras ne demeure atrophié à vie, ajouta-t-il.

Mon cœur se mit à bondir dans ma poitrine.

– En revanche, reprit Bougrat, s'il observe un complet repos, il s'en sortira.

Un vif soulagement s'empara de moi. C'est alors que mon père me regarda et dit avec assurance :

– Nous veillerons à cela. En espérant qu'il puisse bientôt parler et nous confier ce qui s'est réellement passé cette nuit.

La vérité, bien plus amère que tout ce que j'avais pu imaginer, je l'appris trois jours plus tard. Lorsque Julien Roche, revenu à lui, eut recouvré assez de forces pour me conter son histoire.

Il lui avait fallu tout ce temps pour se remettre de ses blessures et sortir des limbes dans lesquels il avait plongé corps et âme. Comme Bougrat l'avait annoncé, son bras était atrophié, et le resterait indéfiniment. Mais son état général s'améliorait au fil des jours et, peu à peu, il reprenait goût à la vie.

Un soir, alors que je me trouvais à son chevet, il parla pour la première fois de ce qu'il avait vécu. Je me souviens de ses premiers mots :

– Les assassins ! Il faut les retrouver…

Je profitai aussitôt de l'occasion pour le questionner.

– De quels assassins parles-tu ?

Roche parut chercher un nom, puis se ravisa, troublé, comme s'il venait de revoir en songe un fantôme.

– Je ne veux pas me souvenir de ça. Non, je ne veux pas.

– Il le faut pourtant. Il faut à tout prix que tu me dises ce qu'il t'est arrivé. C'est la seule chance de t'en sortir. La seule. Tant que tu ne te confieras pas, tu ne pourras pas te débarrasser de ce cauchemar.

Cette dernière phrase parut lui causer un électrochoc. Il ouvrit les yeux et me confia soudain :

– Tu as raison. Je n'avais pas pensé à cela.

Alors, il m'invita à m'asseoir près de lui et, après avoir repris sa respiration, il tourna la tête vers moi.

Le matin de la tragédie, Julien Roche s'était éveillé avec le pressentiment qu'il allait mourir bientôt. La nuit même, il avait fait un rêve effroyable où il assistait à son propre enterrement. Il s'était vu enfermé vivant dans un cercueil aux parois de verre flottant sur les eaux noires d'un fleuve. La nuit était tombée, les étoiles, une à une, scintillaient dans le ciel et, tandis qu'il s'abîmait lentement dans les profondeurs glacées, il découvrait, impuissant et horrifié, qu'il était entouré par une multitude de cadavres.

Au sortir de ce cauchemar, il se leva de son lit avec, dans la tête, les accords mineurs d'une musique funèbre. Le réveil indiquait six heures moins le quart. Encore tourmenté, il ouvrit la fenêtre de sa chambre et se laissa griser par l'air vif. Dehors, le soleil commençait à poindre au-dessus de la montagne. Il faisait déjà chaud pour l'heure matinale. On était à l'aube du 14 août 1944. C'était un matin ordinaire et Julien Roche s'apprêtait à se rendre sur ses terres afin d'assurer l'entretien de ses vignes car les vendanges approchaient. Avec l'ensoleillement de cet été, ce devrait être une très bonne année. Du moins pour le vin.

A la cuisine, il retrouva sa mère qui, déjà, avait disposé sur la table une casserole de lait fumant, un morceau de pain noir, et le dernier pot de miel qui leur restait. Il s'assit sans un mot à sa place habituelle, tout au bout du long pétrin en noyer, posa ses deux mains devant lui et, après avoir fait le signe de croix, se servit un bol de lait.

– J'ai rêvé que j'étais mort, dit-il soudain en relevant la tête vers sa mère assise en face de lui.

Léopoldine lui jeta un regard distrait, prit une cuillerée de miel qu'elle étala sur une tartine et mordit dedans à belles dents.

– Cela ne veut rien dire, répondit-elle en haussant les épaules. J'ai bien rêvé l'autre nuit que la guerre était finie.

Puis elle changea de conversation car elle n'avait pas la force de soutenir de grand matin une discussion sur les rêves, qu'ils fussent ou non prémonitoires.

– Demain, n'oublie pas que la famille de ton frère viendra chez nous pour la fête de l'Assomption.

– Je n'oublie pas, répondit-il entre deux bouchées. J'irai chercher du vin à la cave en rentrant ce soir.

– En attendant, va me tuer un lapin. J'en ai besoin pour le repas de demain.

Salivant à l'avance, il se leva de table le cœur léger. Puis, après avoir chaussé ses brodequins, il sortit dans la cour et se dirigea vers l'atelier où l'attendaient ses outils. Eprouvant le tranchant des lames, il jugea que certaines méritaient un affûtage. Il prit alors la pierre à fusil posée sur l'établi et, d'un geste calme et précis, aiguisa son sécateur et sa faux. Enfin, après avoir pris sa sacoche de cuir accrochée au porte-manteau, il ferma la lourde porte de bois de l'atelier, traversa la cour et alla nourrir les bêtes. Après quoi il sortit un énorme lapin de son clapier et, conscient qu'il allait commettre un crime, s'en excusa auprès du Seigneur en une courte prière. Puis, du tranchant de la paume, il lui assena un violent coup sur la nuque. La bête eut un soubresaut, comme électrifiée, avant que sa tête ne retombât, inerte, le long de la cuisse de son bourreau.

En tenant le lapin mort par les oreilles, Julien Roche sortit de l'enclos, retourna dans la maison et posa la bête sur la table de la cuisine.

– Tiens, dit-il à sa mère. Je n'ai pas le temps de l'écorcher et de le vider. François m'attend à Bornery.

– D'accord, répondit-elle. Je vais le faire moi-même. Bon courage et à ce soir.

Comme à son habitude, Léopoldine Roche sortit sur le seuil de la maison et regarda son fils partir. C'était le seul homme qui demeurât encore à la maison. Le seul homme qui lui restait. Antoine Roche, le père, était mort deux ans plus tôt, au cœur de l'hiver 42. Le frère aîné, lui, s'était marié et était parti s'installer de l'autre côté du Chiriac. Pas très loin de chez elle, mais déjà un autre monde. Quant aux autres, les cousins, les oncles, les neveux, elle ne savait plus ce qu'ils étaient devenus. Elle était trop vieille pour se souvenir de ces choses.

Elle tenait à la main le lapin dont les yeux, désormais vitreux, étaient injectés de fines gouttes de sang, et elle ressentit soudain un poids immense s'abattre sur ses épaules. Cela survenait chaque fois qu'elle se retrouvait seule. Une sorte de lassitude de l'existence. Alors elle émit un long soupir et, tout en ravalant ses larmes, elle rentra dans la cuisine en faisant claquer ses sabots sur le carrelage.

Bornery était un hameau au-dessus duquel la famille Roche possédait quelques arpents de terre cultivés – pour les trois quarts en vigne et pour un quart en agriculture traditionnelle. Pour le rejoindre, il fallait traverser le village, longer le nant des Martins et, après la ferme de Silvin, prendre une sente qui montait à travers champs.

Au carrefour de Bornery, Julien Roche retrouva Charvin et Lafaille qui l'attendaient. Les trois hommes se saluèrent, échangèrent quelques phrases anodines à propos de la santé de chacun, s'inquiétèrent de l'orage de la veille qui avait peut-être endommagé les cultures, puis, sans attendre la venue de François Roche qui devait les rejoindre plus tard, prirent le chemin des vignes.

Par bonheur, les orages d'août et leur lot de grêle n'avaient causé aucun dégât. Encore deux semaines et on serait sortis d'affaire. Le raisin, cette année, était en avance, presque à maturité par endroits, surtout pour le Syrah qui est un cépage aimant se gorger de soleil. Les trois hommes se dispersèrent dans les vignes et, munis de leur sécateur, commencèrent le tri fastidieux des grappes dont les grains montraient des signes de pourriture.

Lorsque François Roche arriva enfin, il les découvrit en plein labeur, chacun dans une travée, les salua de sa voix forte et se mit au travail à son tour. Rejoignant son frère, il lui proposa :

– Que dirais-tu de faire du verjus pour le repas de demain ?

Julien acquiesça, car choisir les grappes les plus vertes pour en tirer ce suc acide que l'on buvait avant les vendanges lui rappelait les jours de fête de son enfance, et aussi l'ombre du père disparu.

C'est à cet instant précis que tout bascula.

Les deux frères entendirent un bruit de fusillade au loin. Se tournant brusquement l'un vers l'autre, ils échangèrent un regard inquiet. Quant à Charvin et Lafaille, trop occupés à étayer les pieds de vigne que les grappes alourdissaient et faisaient ployer dangereusement, ils n'y prêtèrent pas attention.

– On se bat dans la vallée, annonça François. Et ça semble sérieux.

Il avait vu juste, car bientôt une nouvelle fusillade éclata, cette fois beaucoup plus nourrie, et dont les échos se répercutèrent jusqu'à eux.

– Eh bien ! On dirait que ça se rapproche, ajouta-t-il en rajustant sa casquette sur son crâne.

La suite lui donna raison. Ils entendirent des cris et un bruit de cavalcade, comme si quelqu'un s'enfuyait à travers bois. Des hommes en armes surgirent alors sur le sentier qui longeait les vignes, s'arrêtèrent quelques instants, comme hésitant sur la direction à suivre, puis se dispersèrent telle une nuée de guêpes.

Julien, inquiet, déclara :

– Ce sont des maquisards. On ferait mieux de filer !

Charvin et Lafaille, qui avaient fini par les rejoindre, abondèrent en ce sens.

– C'est d'accord, répondit François. Allons nous cacher plus haut dans le champ de maïs. Je crois qu'on y sera plus à l'abri qu'ici.

Mais avant qu'ils aient pu rassembler leurs outils, une troupe de soldats allemands lancée à la poursuite des fuyards déboula sur le sentier. Lorsqu'ils aperçurent les quatre hommes qui s'apprêtaient à fuir au milieu des vignes, ils se dirigèrent droit sur eux.

– Halte ! aboya un officier.

Charvin, Lafaille et les frère Roche, pris au piège, n'eurent d'autre choix que d'obéir, deux soldats les tenaient déjà en joue. Bientôt ce fut une dizaine d'Allemands qui s'approchèrent, les encerclèrent et les contraignirent à s'agenouiller, mains derrière la nuque.

François Roche tenta bien de rester debout, stoïque, mais un coup de crosse à la tempe le fit ployer à son tour.

– Pourquoi nous arrêtez-vous ? demanda alors Lafaille.

– Vous le savez très bien, dit l'officier. Parce que vous êtes de dangereux terroristes.

– Vous faites erreur, intervint alors Charvin. Nous ne sommes pas des maquisards. Les vrais maquisards, eux, sont partis par…

Mais il n'eut pas le loisir de finir sa phrase, car au mot de maquisard l'officier vit rouge et lui lança un coup de poing en plein visage.

– Taisez-vous, aboya l'officier. En attendant, vous allez nous suivre.

On les força à rejoindre la route, quelques dizaines de mètres en contrebas, où on les attacha tous les quatre à un pommier. Là, un officier supérieur, sans doute celui qui commandait le détachement, donna l'ordre à un soldat de les fouiller. Puis il s'approcha d'eux et, les inspectant l'un après l'autre, leur lança un regard chargé de haine. Comme François Roche tentait encore d'expliquer qu'il s'agissait d'une erreur, l'Allemand le flagella avec sa schlague, jusqu'à ce que le malheureux eut le visage en sang.

– Taisez-vous ! lui cria-t-il. Désormais, vous êtes entre les mains de la justice allemande. Vous vous expliquerez à la Kommandantur.

Dès qu'ils arrivèrent à la Kommandantur, on les tint au secret, comme de dangereux criminels. Malgré leurs protestations, ils furent enfermés tous les quatre au sous-sol, dans une pièce sans fenêtre où ils ne trouvèrent qu'un banc pour s'asseoir. Les frères Roche, nerveux et agités, étaient assis l'un à côté de l'autre, parlant entre eux afin de calmer leur frayeur. Lafaille, adossé au mur de leur cellule, le regard dans le vague, semblait le plus résigné. Quant à Charvin, perdu dans les brumes de l'inquiétude, il passa l'essentiel de son temps à faire les cent pas d'un bout à l'autre de la cellule, à ruminer sur son sort. Il ne comprenait pas pourquoi il était enfermé. Il n'avait rien fait, et les autres non plus. Et pourtant, ils étaient prisonniers de guerre.

Un peu plus tard, on leur apporta une maigre pitance – un brouet infâme, un pot d'eau et un morceau de pain sec – qu'ils touchèrent à peine, à l'exception de Lafaille car il n'avait rien mangé depuis la veille.

– On va croupir ici comme des rats jusqu'à la fin de la guerre, fit remarquer ce dernier en trempant son pain dans la soupe. Alors autant ne pas mourir de faim.

– Je ne crois pas, rétorqua François Roche, beaucoup plus lucide. Soit ils vont comprendre leur erreur et nous relâcher, soit ils savent déjà que nous ne sommes que des boucs émissaires. Et dans ce cas…

Il n'osa finir sa phrase, mais ses trois compagnons comprirent parfaitement ce qu'il voulait dire. Dans ce cas, il n'y avait plus d'espoir.

– Je ne veux pas mourir, sanglota Charvin.…

– Personne ne le veut, dit François. Et je te promets que nous ferons tout pour sortir d'ici.

Mais au même instant leurs regards furent attirés par le manège vrombissant d'un papillon volant au-dessus de leurs têtes et qui tournoyait autour des néons accrochés au plafond. L'insecte voleta quelques secondes, comme affolé. Enfin, pris au piège de la lumière, il finit par s'y brûler les ailes et tomba en poussière d'or sur le sol.

Commencèrent alors de longues heures d'angoisse à attendre une hypothétique délivrance. Chacun tenta à sa manière de tuer le temps qui n'avançait guère. La pièce était froide, nue, presque glaciale malgré la chaleur extérieure. Parfois, on entendait des voix, des ordres, des cris traversaient les cloisons et les faisaient sursauter. Mais le plus souvent, un silence inquiétant régnait. Alors l'attente recommençait, s'éternisait, et chaque minute ressemblait à une longue et terrible agonie.

– Que vont-ils faire de nous ? demanda soudain Julien Roche, songeant à son avenir comme à une promesse.

En fin d'après-midi, il eut la réponse à sa question lorsqu'un lieutenant, engoncé dans son uniforme de la

Wermacht, la poitrine couverte de décorations, fit son apparition dans leur cellule. Chacun des boutons de cuivre de sa tunique brillait d'un soleil ardent, et ses bottes étaient si impeccablement cirées qu'on eût pu s'y mirer. Se plantant devant eux, il les fixa de son regard bleu métal :

– Messieurs, vous êtes en état d'arrestation.

Lafaille, loin de se démonter, se leva de son banc, vint à sa rencontre et rétorqua :

– Ça, on le savait déjà. Mais, en revanche, nous ne savons toujours pas pourquoi.

L'officier, levant sa cravache, tint le prisonnier à distance respectueuse. Puis, lorsque Lafaille eut obtempéré, il se saisit d'un petit carnet brun qu'il tenait serré dans la poche de sa veste, le feuilleta et déclara :

– Pour sabotage, attaque à main armée et meurtres de soldats allemands.

Ainsi ils étaient accusés de meurtres. Et de soldats allemands. En temps de guerre, cela ne pardonnait pas. C'était l'exécution assurée. Une balle dans la tête et vous étiez expédié *ad patres*. Voilà donc ce qui les attendait s'ils ne se révoltaient pas. S'ils ne criaient pas leur vérité. La vérité. La seule.

– C'est faux ! hurla Charvin en se levant d'un bond et en se précipitant sur l'officier. Vous savez bien que nous n'avons rien fait !

C'était une réaction héroïque, mais un coup de cravache dûment assené sur l'épaule le fit reculer de plusieurs pas. Quant aux frères Roche, voyant cela, ils faillirent s'étouffer de colère. Mais Lafaille intervint à temps et calma les esprits. Il leva les deux mains, s'avança vers l'officier et dit ces quelques mots d'une voix maîtrisée :

– Enfin, tout cela est ridicule. Charvin a raison, nous ne pouvons être coupables, lorsque vous nous avez arrêtés, nous n'avions pas d'armes sur nous.

– Vous avez très bien pu les cacher dans la forêt.

– Allons, ce n'est pas possible. Vous les auriez retrouvées. Et puis, vous savez très bien que les véritables coupables se sont enfuis dans la montagne.

L'officier le toisa, referma son carnet, prit un air sévère et répondit :

– Rien ne le prouve.

Cette fois, Charvin sentit son sang-froid lui échapper et il hurla à son tour :

– Nous sommes innocents ! Innocents ! Innocents !

Mais l'officier ne l'entendait pas de cette oreille. C'était un têtu. De la pire espèce. Agitant la tête de droite à gauche, il rétorqua :

– Hélas ! Personne n'est innocent en ce monde. Absolument personne.

C'est alors que Julien Roche posa la question qui lui tenait à cœur :

– Qu'allez-vous faire de nous ?

L'officier lui adressa un regard ironique et déclara :

– Vous le saurez bientôt.

Sans autre forme de procès, on les menotta et ils quittèrent la Kommandantur par une porte dérobée. Là, dans l'arrière-cour, ce fut comme si on les rendait à la vie et à la liberté. Après avoir passé tout l'après-midi enfermé au sous-sol dans cette pièce glaciale, Julien Roche se souvint que la chaleur accablante lui tomba sur les épaules comme une chape de plomb. Les soldats allemands eux-mêmes, engoncés dans leurs uniformes, semblaient déstabilisés. Dans le ciel, d'inquiétants nuages d'un noir d'encre arrivaient de l'ouest. L'orage allait éclater, tout le monde le sentait. Profitant de cet instant de flottement, Charvin tenta de se débattre, mais un nouveau coup de cravache cinglant, cette fois en plein visage, lui fit entendre raison. Sans ménagement, on les fit monter à l'arrière d'un camion militaire dont le moteur ronflait comme un gazogène.

Après un kilomètre de route, le camion s'arrêta près du pont Albertin, sur les rives de l'Isère. L'officier les fit descendre un à un, puis rejoindre la berge au moment où le vent se levait, annonçant la tempête. Là, ils furent alignés tous les quatre, face au fleuve. Un soldat allemand les attacha deux par deux avec du fil de fer barbelé. D'un côté, Charvin et Lafaille. De l'autre, Julien et François Roche.

En contrebas, malgré le ciel qui s'obscurcissait davantage à chaque seconde, Julien Roche aperçut les eaux noires du fleuve et jugea le courant particulièrement violent. Un éclair traversa le ciel, le tonnerre gronda et les premières gouttes de pluie s'écrasèrent avec fracas sur le sol.

– Schnell ! hurla l'officier. Nous allons être trempés.

Lorsque le peloton se forma face à eux, les quatre hommes comprirent que leur dernière heure venait d'arriver.

– C'en est fini de nous, dit Charvin d'une voix étranglée en se tournant vers Lafaille.

– On se laisse glisser ? demanda François à son frère, qui lui n'avait pas encore perdu tout espoir.

– Non, pas tout de suite.

– Feu ! dit l'officier allemand.

C'est alors que le tonnerre gronda, se mêlant au bruit des armes. La première salve faucha Charvin et Lafaille qui s'écroulèrent aussitôt à terre. A la seconde salve, François Roche fut atteint et se recroquevilla sur lui-même. Dans le fracas des armes, Julien sentit deux impacts lui déchirer l'épaule et le bras, comme si on fouillait sa chair avec une lame. Il vit le sang éclabousser le visage de son frère, les rictus de douleur de Charvin et Lafaille qui agonisaient à moins d'un mètre de lui, puis plus rien. Il se sentit tiré vers le bas et, entraîné par le poids de François, tomba lourdement sur le sol, sa tête cognant la terre encore chaude de soleil. Une terre au parfum de fleurs sauvages.

Et pourtant Julien Roche n'était pas mort. Son frère avait fait écran de son corps. Seules deux balles l'avaient atteint. Les autres avaient fini leur course dans la poitrine de François.

Un soldat allemand s'approcha d'eux et acheva d'un coup de revolver à la tempe Charvin et Lafaille qui, lui semblait-il, respiraient encore. Il leva son arme pour achever les deux autres quand l'officier commandant le détachement, debout sous la pluie battante, se mit à aboyer :

– Inutile de gaspiller des munitions. Débarrassez-vous des corps et partons d'ici.

Alors, tandis que l'averse redoublait, deux soldats se saisirent des fusillés et les jetèrent dans le fleuve. Les dépouilles roulèrent le long de la pente, parmi les herbes sauvages, les ajoncs et la poussière, puis crevèrent la surface de l'eau où elles disparurent dans un grand tourbillon.

C'est une longue nuit d'enfer qui commence.

A mes côtés, le cadavre de mon frère tente de m'entraîner avec lui dans la mort.

Et pourtant je ne suis pas mort, je suis vivant, étonnamment vivant, même si je crois me noyer cent fois et disparaître à jamais dans les profondeurs glacées de l'Isère.

Je vois au-dessus de moi un ciel noir où quelques étoiles argentées scintillent comme des diamants.

J'aperçois le disque jaune d'or de la lune au-delà des cimes du Grand Arc, pareil à un soleil nocturne.

Je devine la montagne, sombre de colère, qui glisse le long de la rive, et les arbres se penchent vers moi tels d'inquiétants fantômes.

J'entends le cri des engoulevents dans les ramures, le murmure de l'eau et le silence d'une nuit profonde.

Je sens parfois, entre mes jambes, glisser l'écaille d'un poisson.

Le froid m'engourdit peu à peu, comme si je dérivais lentement vers la mort.

C'est alors que, sur les eaux dormantes, je vois

passer près de moi un bateau-fantôme qui surgit de la brume. A son bord, accoudés au bastingage, je crois apercevoir Charvin et Lafaille, parmi d'autres morts. C'est le navire des trépassés que le fleuve emporte vers les ténèbres.

Je dois rêver, ou je suis moi aussi parvenu au royaume des morts.

Affolé, je me débats comme un damné.

Je veux vivre encore.

Vivre.

Ne serait-ce qu'un instant.

Rejoindre la rive qui n'est plus très loin, je le sais.

Mais il y a ce corps que je traîne avec moi, ce fardeau dont je ne parviens pas à me défaire.

Et soudain mon crâne vient heurter un tronc d'arbre qui flotte sur le fleuve.

Partagé entre la douleur et l'espoir, je m'agrippe à ce radeau.

Je sens le sang couler le long de ma tempe.

Alors tout s'embrume devant mes yeux et je perds connaissance.

Lorsque je reviens à moi, le soleil se dessine au-dessus de ma tête et teinte d'un éclat de braise et de sang le fleuve qui est désormais mon tombeau.

C'est l'aube d'été, violente et cruelle, qui s'abat sur ce monde de misère et scelle ma dernière journée sur cette terre, avant que de m'emporter vers les rivages inquiétants de l'au-delà.

Maintenant, je sais que tout est fini.

Irrémédiablement.

Je me crois seul, et pourtant je ne suis plus seul.

J'entends un bruit de pas et une voix qui m'interroge.

Je devine la présence d'un homme à mes côtés. Vivant, celui-là.

J'ose à peine ouvrir les yeux.

Il est là.

Je le sais.

Je sens son souffle sur mon visage, comme une promesse intense de vie.

Je n'ai plus qu'à tendre la main vers lui.

Lorsqu'il eut terminé son récit, Julien Roche ferma les yeux et se prit la tête à deux mains, comme s'il éprouvait une grande fatigue, une infinie lassitude. Puis il se mit à pleurer ainsi que pleurent les petits enfants sur le ventre de leur mère. Des gémissements sans fin, et moi je restais là comme un idiot à ne pas savoir s'il fallait le consoler ou non, parce que c'était une tristesse qui ne se partageait pas. Je compris alors qu'il n'était plus le même. Parfois, raconter ce qu'on vient de vivre, se laisser entraîner dans les recoins de l'âme, peut vous assassiner plus sûrement qu'un coup de fusil.

Il frissonna au souvenir de cette nuit d'une noirceur d'encre, comme s'il sentait encore contre lui la peau glacée de son frère, et voyait dans la pénombre les visages exsangues des deux autres suppliciés, des visages qui lui rappelaient inlassablement qu'il était seul vivant parmi les morts. C'est d'ailleurs ce qu'il me dit lorsqu'il put enfin parler.

– J'ai cru que j'étais mort. Toute la nuit, j'ai cru que je ne m'en sortirais pas et que ma fin allait arriver. Tu peux comprendre ça ?

Non, je ne le pouvais pas, mais pour ne pas lui faire

de peine, j'ai répondu que oui. C'est à ce moment précis, à l'instant où il était peut-être le plus fragile, qu'il a levé les yeux vers moi et m'a dit :

– Je devenais fou. Tu comprends, il faisait nuit, j'étais transi de froid, j'avais peur, j'étais lié à mon frère avec du fil de fer barbelé... il y avait toutes ces lumières dans le ciel juste au-dessus de moi, comme des milliers de bougies allumées pour un enterrement... j'étais dans un tombeau d'étoiles... alors j'ai cru que j'allais mourir... j'étais plaqué contre la berge, sans un bruit, osant à peine respirer... et pourtant j'étais vivant... je n'y croyais pas.. Comment peut-on revenir vivant de tout ça... et pourtant j'étais là, j'essayais désespérément de me dégager de mes liens... je me croyais encore un homme... mais je n'étais qu'un chien que des barbares avaient voulu exterminer... et je sentais les liens me taillader la chair à chaque mouvement... j'ai compris bien des choses... j'ai compris que je n'étais qu'un corps parmi d'autres corps... et que ma vie ne valait rien.

Un long et terrible silence s'ensuivit, de ceux qu'on porte jusqu'au dernier soupir, avec l'âme d'un forçat.

– Je ne sais pas si on retrouvera jamais les corps de Charvin et de Lafaille. Mais je peux te jurer qu'ils sont morts aussitôt. Comme mon frère François. Je suis le seul à m'en être sorti.

Puis cette sentence :

– Je n'existe plus. Je crois que je suis déjà mort.

En un sens, Carraz avait formulé une demi-vérité, ou bien n'avait menti que par omission. Les prisonniers avaient bien été transférés à Grenoble. Mais par la voie la plus directe : celle du fleuve.

Leur cas avait été vite expédié, comme si ce qui s'était passé le matin même méritait une sanction exemplaire. Un officier qui se nommait Horst Schaeffer, et qui avait tout pouvoir de statuer sur leur sort, avait décidé de ce transfert. Au sergent qui avait la charge de conduire les prisonniers, il avait précisé comme s'il s'agissait d'une boutade :

– Par l'Isère.

Le sergent, qui n'était qu'une brute au cerveau embrumé par les effluves de schnaps, comprit cependant ce que son supérieur lui demandait. Il lui fit signer l'ordre de transfert comme le règlement intérieur le stipulait. C'est ainsi, par un simple paraphe au bas d'un formulaire, que leur destin fut scellé à jamais.

Ce fut cet officier, Horst Schaeffer, qui vint en personne prévenir les quatre prisonniers qu'ils allaient partir pour Grenoble. Cet homme soigné, aux boutons de cuivre et aux souliers immaculés, qui n'était en vérité qu'une ordure de plus.

Il en existe beaucoup de ces assassins patentés qui soignent leur mise et leur apparence pour mieux dissimuler la noirceur de leur âme. Comme Antonin Carraz, par exemple. Je compris alors que, lorsque j'avais croisé sa route, la veille au soir, tout était déjà fini. Et que ce dernier, ce beau fumier de Carraz, savait pertinemment que les quatre prisonniers de Bornery avaient été passés par les armes et jetés dans le fleuve.

Si j'avais parlé à ce moment-là, et confié ce que je savais, à savoir les noms des responsables de l'attaque de Bornery, je n'aurais rien pu faire pour sauver les autres. Et toute ma vie, j'aurais regretté mon geste.

Parfois, le silence fait bien les choses.

On retrouva les corps des fusillés le matin du 20 août. C'était, je l'ai dit, à plusieurs kilomètres en aval, près de la pile ouest du Pont Royal. Au village, la nouvelle fit l'effet d'une bombe. D'autant plus qu'il en manquait un, de corps. Celui de Julien Roche. On eut beau draguer le fleuve, on ne le retrouva jamais, et pour cause.

A la mairie, son nom fut inscrit dans le registre des décès à la colonne des disparus. Il n'aurait pas droit à un cercueil, mais cela faisait tout de même de lui un mort.

En revanche, ce cercueil-là ne fut pas perdu pour tout le monde. Le même jour, un groupe de résistants découvrit, à quelques mètres de la grange de la Belle Etoile, le corps sans vie de Beaufort. Tué d'une décharge de chevrotine en plein visage. Suicide, meurtre ou accident, personne ne sut jamais ce qui s'était passé. Même si l'avis général inclinait à croire qu'il s'agissait là d'un crime perpétré par les Allemands.

Le lendemain, tout le monde se rendit à l'enterrement. Il y avait donc quatre morts, Charvin, Lafaille,

François Roche et le commandant Beaufort. Plus un disparu, Julien Roche.

Ce fut d'une tristesse absolue, comme tous les enterrements de ce genre. Il s'agissait tout de même de victimes de guerre. Et pas de la plus noble.

C'est à cette occasion que je revis Eléonore. Elle était pâle comme une première neige. Sans doute pleurait-elle toutes ces vies détruites, perdues, en allées pour rien, avant tout celle de Beaufort, ce fiancé qu'elle n'épouserait jamais, et aussi la sienne qui désormais n'aurait plus le même sens. A un moment, comme devant Valentine Fontbrune – les femmes exercent-elles sur moi un tel pouvoir ? –, j'ai failli lui avouer toute la vérité. Cela m'a effleuré l'esprit lorsque j'ai aperçu sa silhouette parmi le cortège. Sans doute était-ce à cause de la mantille noire qu'elle portait, et qui m'a fait penser à elle comme à une veuve.

Dans un élan du cœur, je me suis approché d'elle, jusqu'à la toucher. Elle a dû sentir ma présence et s'est retournée avec vivacité. Ce n'est que lorsqu'elle s'est plantée face à moi, et que j'ai vu son visage, son beau visage ravagé par les larmes et le chagrin, que le courage m'a manqué. Elle paraissait si accablée. Je ne voulais pas ajouter à sa peine.

– Je suis désolé, ai-je murmuré en la serrant contre moi jusqu'à l'étouffer. J'aurais dû…

Elle m'a regardé, s'est forcée à sourire, puis m'a confié d'une voix douce :

– Tu n'as pas à l'être. Même si tu l'avais rencontré, tu n'aurais rien pu faire. Cela devait finir ainsi.

Sans doute pensait-elle que je n'avais pas eu le temps ou le courage de me rendre à la grange, de donner suite à mes promesses. Comment aurait-elle pu deviner que, bien au contraire, j'avais eu ce courage, mais qu'aujourd'hui, devant elle, je n'étais qu'un lâche, un lâche qui n'osait lui avouer qu'il était responsable de la mort de son fiancé. Et qu'il l'aimait encore éperdument. C'était impossible.

Malgré tout, elle dut subodorer qu'il se passait quelque chose, parce qu'elle se dégagea de mon étreinte. Puis, comme si elle avait fait vœu de silence, elle me gratifia d'un faible sourire, pressa ma main au creux de la sienne, et s'éloigna sans un mot.

Alors, tandis qu'autour de moi l'office funèbre battait son plein, je restai anéanti parce que je venais de comprendre que je l'avais perdue à jamais.

Certains crimes demeurent impunis, et leurs auteurs échappent ainsi à la justice des hommes. Le mien, quoiqu'il possédât des circonstances atténuantes, ne fut jamais connu de personne. Et encore moins d'Eléonore Verdussen. C'est le contexte historique qui me sauva. Ces journées de terreur, cette fin d'occupation tragique à laquelle je dois, aussi paradoxal que cela puisse paraître, d'avoir été blanchi de tout acte criminel.

Dès le lendemain de l'enterrement, le 22 août, ce fut une belle débandade dans le pays. Les troupes allemandes se mirent à fuir, tandis que les maquisards gagnaient chaque heure davantage de terrain. Pendant vingt-quatre heures, la confusion fut générale. Les résistants, sentant le vent tourner, ne leur laissèrent aucun répit. Malgré cela, les soldats allemands, loin d'abdiquer, ripostèrent avec acharnement.

Le 23 août, Albertville fut libérée.

Les derniers Allemands quittèrent la ville, abandonnant la Kommandantur ainsi que tous les postes stratégiques de la région, et s'enfuirent par la vallée de la Tarentaise. De là, ils emprunteraient le col du petit Saint-Bernard et se retrouveraient bientôt en Italie.

Ce jour-là, ce fut une explosion de joie, et une atmosphère étrange de fête et de victoire s'installa dans chaque ville ou village de la région. On dansa au son de l'accordéon jusque tard dans la nuit.

D'un seul trait, on gomma les morts de cinq années de guerre.

Cet élan de joie ne fut qu'un feu de paille. Dès le lendemain de la Libération, il y eut de nombreuses représailles, des règlements de comptes et des exactions, du mépris, de la jalousie et de la haine. Tout cela avait couvé pendant des années sous le joug de l'Occupation, et voilà que soudain nous étions libres. Libres d'exprimer notre rancœur. D'accuser notre voisin. De faire pendre les traîtres.

Des femmes furent tondues pour collaboration avec l'ennemi et exposées à la vindicte publique dans la rue principale d'Albertville, le crâne rasé, avec aux commissures des lèvres ce dédain qu'affectent les enfants fautifs pris sur le fait. Des miliciens furent arrêtés et jetés en prison après avoir été molestés, bastonnés, voire pour certains battus à mort. Sans compter tout ce que nous ne sûmes jamais, mais que l'Histoire, elle, conserve dans ses archives occultes.

Des expéditions punitives furent organisées un peu partout, souvent de nuit, lorsque les hommes se changent en ombres, que l'agneau devient loup et votre voisin le plus docile un tueur de sang-froid. A ces moments-là, l'angoisse, elle, se réveille, frappe à votre porte et vous saisit à la gorge.

Il n'était pas rare qu'au matin on découvrît quelque message comminatoire placardé sur les murs d'une masure aux volets clos où se terraient les occupants, tenaillés par la peur. Les Allemands ayant décampé, il fallait maintenant purger la population de tous ceux qui avaient collaboré avec l'ennemi.

Antonin Carraz, s'il connut un maigre sursis, n'eut au final guère plus de chance que la plupart de ses semblables. Il était l'un des premiers noms sur la liste noire des maquisards pour ses activités de collaboration. Et fut assassiné par un commando de résistants le matin du 1er septembre.

On retrouva son corps dans l'arrière-boutique de son entrepôt, allongé sur le sol de ciment déjà teinté d'une flaque de sang, le crâne perforé de deux balles. Il était étendu de tout son long, et malgré tout ce sang versé et, à sa tempe, les deux trous béants, il ne ressemblait pas vraiment à un mort. Il portait un costume de lin beige clair, des gants de cuir assortis et une cravate de soie sur laquelle était représenté un décor vénitien, un palais sur le grand canal et une gondole noire, décor qu'en fin de compte il ne découvrirait jamais.

Quelques jours plus tôt, comme pour lui donner un dernier avertissement, plusieurs coups de chevrotine avaient été tirés sur la porte d'entrée du Manoir. Comme si le diable en personne était venu le prévenir que l'enfer l'attendait. Il en était resté, sur l'huis, une multitude d'impacts que la poudre avait noircis. Depuis, il ne pensait qu'à partir.

On apprit un peu plus tard que, le jour de sa mort,

Carraz avait pris un billet pour le train du soir, celui qui partait de Chambéry, traversait la Maurienne et conduisait à Turin, en Italie. Là-bas, il pourrait prendre un second train pour Venise. Ensuite, parvenu au bord de l'Adriatique, il embarquerait pour l'Amérique du Sud, l'Australie ou l'Afrique.

Le matin encore, il croyait pouvoir s'en sortir. Partir. Refaire sa vie ailleurs. Il avait de l'argent sur lui et peu de remords, c'était l'essentiel. Il savait qu'en Italie, il pourrait trouver des protections. Il avait des relations et des amis haut placés un peu partout dans le pays.

Le soir, le train partit sans lui.

Pendant ces temps de terreur, Julien Roche resta caché chez nous, le seul endroit où il fut en sécurité et où personne ne vint jamais le chercher.

Il demeura enfermé neuf mois sans jamais se montrer.

Sa mère, qui avait été informée par mes parents, venait souvent lui rendre visite. Avec les affaires de rechange qu'elle lui apportait, elle ajoutait parfois un petit cadeau pour la famille, un bouquet de fleurs, une blague à tabac, un pot de confiture… Elle n'avait de cesse de me remercier d'avoir sauvé son fils de la mort. Je lui répondais que je n'y étais pour rien. Mais j'étais heureux de savoir que cela la consolait un peu de la perte de François qui, lui, n'était jamais revenu de ce fleuve maudit.

Ma mère, qui avait déjà traversé les affres de cette situation, tenta de la consoler par des paroles douces et des gestes affectueux. Mais elle savait que tout cela était inutile, car perdre un enfant constitue pour une mère la plus grande détresse qui soit.

Pour son fils cadet, Léopoldine Roche tenta cependant de faire bonne figure, et se présenta chaque fois devant lui avec toute sa dignité, lui rapportant les nouvelles du hameau, et lui parlant de choses insignifiantes, comme pour le persuader qu'elle n'avait pas changé et qu'elle restait cette femme solide qu'il avait toujours connue. Mais dès qu'elle retournait chez elle, et s'y retrouvait seule, elle sombrait de nouveau dans la mélancolie.

Cela dura jusqu'au 8 mai 1945, le jour où fut signé l'armistice qui annonçait la fin de la guerre. Ce jour-là fut vécu par tous comme une délivrance. Julien Roche put enfin quitter notre demeure et retourner vivre auprès de sa mère, au vu et au su de tout le monde. Il n'était plus nécessaire de se cacher. Il n'avait plus rien à craindre. La vie recommençait comme avant.

Son retour fit l'effet d'un coup de tonnerre parmi la population du village, même si personne ne lui demanda jamais ce qui lui était arrivé et où il avait bien pu se cacher pendant tout ce temps. D'ailleurs, je le répète, Julien Roche n'a jamais parlé à qui que ce soit de cette histoire. Il était là de nouveau, bien vivant, et on devait faire avec. On vécut sa réapparition comme un épisode christique, une résurrection, un miracle. Ainsi les disparus pouvaient reparaître au grand jour. Certains se mirent à garder espoir à propos d'un oncle, d'une nièce ou d'un cousin éloigné que la guerre, la vraie, avait séparés de leur famille.

Des prisonniers, il y en eut quelques-uns, qu'on croyait morts depuis longtemps, et qu'on a retrouvés un beau matin à la gare de Chambéry ou d'Albertville, en provenance d'un train de l'Est.

Ceux-là non plus n'ont rien dit de leurs souffrances, de ce qu'ils avaient enduré, de l'horreur des camps. Du moins pas tout de suite. C'était impossible. Personne ne les aurait crus.

Et les mots leur manquaient, ces mots qui, bien souvent, au moment où on a besoin d'eux, font défaut. Là aussi il a fallu du temps pour parler, pour expliquer l'inexplicable, et faire comprendre qu'ils disaient la vérité, rien que la vérité, même si cette vérité paraissait incroyable.

Au fond, nous n'avions guère à nous plaindre. Nos malheurs étaient bien petits à côté des leurs, jusqu'à mon crime qui me semblait insignifiant en comparaison du génocide orchestré par les nazis.

Et Eléonore Verdussen, qu'était-elle advenue dans tout ça ?

Depuis la mort de Beaufort, une fêlure s'était créée en elle, comme si ce drame l'avait modifiée en profondeur. Elle était toujours aussi belle, mais elle ne souriait plus. Et si elle écoutait encore les clients du Verre Galant, elle ne leur adressait presque plus la parole.

Après l'enterrement, on l'avait vue souvent faire ses courses dans le village avec sa mantille noire qu'elle ne quittait plus. Elle n'avait jamais été mariée. Et pourtant, elle faisait semblant de l'avoir été, et d'avoir perdu son mari à la guerre. Elle le disait même parfois : « Mon défunt mari… » Puis, elle se reprenait, confuse de s'être épanchée. C'était sa façon à elle de porter le deuil de Beaufort. Personne n'osa lui faire la moindre remarque, pas même l'abbé Presset qui, désormais, était bien vieux et se préoccupait avant tout de son âme.

Je ne peux m'empêcher de faire le lien avec ce qui était arrivé à ma mère lorsque son premier mari avait disparu à la guerre de 14. Chacune à sa manière, elles étaient toutes les deux veuves de guerre, sans en posséder le statut. Il y a quelque chose de troublant à voir l'histoire se répéter ainsi à chaque génération.

Depuis ce drame, Eléonore Verdussen conservait en son sein une terrible souffrance. Une profonde blessure faite d'éclats et de mystères anciens. Le fait d'avoir été aimée, d'avoir aimé, et d'avoir perdu aussitôt l'être cher. Elle ne se doutait pas à quel point j'étais en mesure de la comprendre.

Ce fut le matin du 25 octobre 1944 qu'Eléonore sortit enfin de son silence. Par un beau jour d'automne, avec un soleil d'une telle clarté qu'il effaçait tous ces jours sombres.

Ce jour-là, elle se sépara de son chagrin et de ses larmes comme on quitte un habit de deuil. Mais à sa manière à elle. Celle d'une femme au caractère trempé, bien décidée à prendre en main son destin.

Dès l'aurore, elle se leva, s'habilla, se parfuma et, tout en jetant au panier sa mantille noire, prit une résolution comme on en prend peu : celle de changer d'existence.

Toute la matinée, elle la passa dans l'arrière-boutique du café, pendue au téléphone avec de mystérieux interlocuteurs. Il était midi à la pendule du café lorsqu'elle nous annonça qu'elle allait nous quitter. Cette nouvelle nous fit l'effet d'un cataclysme. *Partir*. Pour aller où ? lui demanda-t-on. Je n'en sais rien, répondit-elle. Partir vers ailleurs, s'en aller quelque part, voir du pays, parcourir la terre, elle ne savait trop où au juste. Ou bien tout simplement retourner chez elle, là-bas, en Belgique. Elle aviserait, mais en tout cas elle se devait de s'en aller. Cela faisait dix ans qu'elle était là, toujours à la même place, à regarder le monde passer devant elle dans un tourbillon, et elle qui ne bougeait pas. Elle était semblable à ces marins qui restent à quai et qui regardent les bateaux partir au loin. Elle n'en pouvait plus et avait décidé que c'était enfin son tour. Il était encore temps. Il est toujours temps de vivre.

On peut rester des années sans avoir ce désir, bien sagement assis sur un banc dans une parfaite immobilité, tandis qu'autour de soi la vie tourne comme un manège, les choses, les gens, les envies et les rêves. Cela peut même durer indéfiniment. La plupart des gens s'en contentent parfaitement. Mais il arrive qu'on se dise qu'on n'en peut plus de cette immobilité, et que la terre est vaste et le temps éphémère. Alors pourquoi ne pas en profiter ? Et c'est ce qu'elle a fini par faire, Eléonore Verdussen, ce matin de mai, attirée par les lumières d'une autre existence.

Elle avait vendu le café sans rien dire à personne. Le notaire s'était occupé de tout, de lui trouver un acquéreur, de préparer l'acte de vente, de transférer l'argent sur son compte bancaire. Tout était réglé comme du papier à musique. Maintenant que l'acte était signé, il n'y avait plus qu'à laisser les choses se faire d'elles-mêmes. Les nouveaux propriétaires étaient de Chambéry, ou d'Aix-les-Bains, je ne sais plus trop. Des gens sérieux qui connaissaient le négoce et payaient rubis sur l'ongle. Ils ouvriraient le café dans un mois, le temps de faire quelques travaux. Un mois, promis juré. Un mois sans boire, ce n'est pas grand-chose, nous a-t-elle encore dit. Pourtant, cela nous a semblé un siècle. Un millénaire. L'éternité.

Tout au long de cet après-midi de misère, nous sommes restés au café, face à elle, sans vraiment parvenir à croire que c'était la dernière fois qu'elle officiait derrière le comptoir. Que bientôt quelqu'un d'autre nous servirait nos apéritifs et nos liqueurs. Quelqu'un dont on ne savait rien, et qui ne savait rien de nous. Cela nous semblait irréel.

La nuit venue, après avoir nettoyé et rangé la salle, Eléonore a baissé une dernière fois le rideau de son café. Mais cette fois-ci, curieusement, elle ne nous a pas demandé de sortir par la porte de service comme elle le faisait d'ordinaire. Pour le dernier soir, elle désirait ne pas être seule.

– C'est ma dernière tournée générale, ma tournée d'adieu, nous a-t-elle confié avec son délicieux sourire qui n'en était plus vraiment un, flétri par les larmes et la douleur.

Nous étions encore une dizaine d'habitués, une dizaine de joyeux drilles, de bois-sans-soif et de fêtards, et pourtant nous n'avions pas le cœur à rire.

– Allons, ne faites pas cette tête d'enterrement, a-t-elle eu la force d'ajouter en nous désignant d'un geste toutes les bouteilles entamées trônant sur l'étagère derrière elle. Il faut me liquider tout ça… Ce serait dommage de le laisser perdre.

Dans un silence religieux, elle nous a servi tous ces vestiges dans de beaux verres en cristal qu'elle ne sortait que pour les grandes occasions, celles qui justifiaient qu'on exhibât ces objets d'art aux reliefs et aux évasements d'un autre temps, et dont la musique, lorsque nous les faisions tinter, rappelait la voix d'une soprano. C'est un véritable tour du monde en miniature qu'elle nous a offert ce soir-là, du whisky irlandais au bourbon américain, de la grappa italienne au rhum des Antilles, de la vulnéraire des Alpes à la liqueur verte de Chartreuse, sans oublier le genépi fabrication maison. Nous avons voyagé vers des contrées magnifiques, jusqu'aux territoires les plus rares et les plus improbables, comme ces archipels odorants de rhum aux arômes de vanille et de miel, ces atolls glacés de Marie Brizard, ces fjords ambrés d'Aquavit, avant de finir par se perdre dans le triangle des Bermudes des bouteilles sans étiquette, renfermant pour la plupart des alcools étranges et inconnus dont nous n'avons jamais su les noms.

Ce fut une belle nuit d'ivresse. Une de ces nuits secrètes et magiques où l'on tutoie les anges, le ciel et Dieu.

Le lendemain matin, le réveil fut plus douloureux. Ma tête résonnait comme une enclume sur laquelle un maître de forge abattait inlassablement sa masse. Et Eléonore Verdussen, notre fée, notre petite fée à tous, s'en allait.

Nous étions nombreux à l'attendre devant chez elle, et tous curieux de savoir où elle comptait se rendre et dans quel dessein. Pourtant aucun de nous n'a osé le lui demander. Il y a certaines femmes dont on respecte les mystères.

Elle est sortie du café vers 10 heures, une petite valise à la main. C'était là tous ses effets. Toute sa fortune, elle, se trouvait bien en sécurité à la banque. Le reste, elle nous l'avait offert chaque jour que Dieu avait fait.

– Je crois qu'il faut se dire au revoir, a-t-elle murmuré en nous embrassant les uns après les autres sur les deux joues, comme l'eût fait une maîtresse d'école quittant ses élèves avant les grands congés d'été. On se reverra aux grandes vacances. Ou à la rentrée. Ou dans quelques années.

Et elle souriait en disant cela, alors que nous avions

tous le cœur déchiré, fendu en deux, et que j'étais malheureux comme un amoureux éconduit : je savais que nous ne nous reverrions jamais.

Malgré notre tristesse infinie, elle a tenu à ce que nous l'accompagnions à pied jusqu'à la gare d'Albertville où elle devait prendre le train pour Paris. Il y avait tous les fidèles : Bougrat, Mathurine, Brasier, et puis d'autres dont je ne me rappelle plus les noms. Elle ne voulait pas qu'on fût tristes. Et pourtant nous l'étions terriblement. Tristes comme des orphelins.

Tout le long du trajet, elle n'a pas semblé prendre ombrage de notre silence. Je tenais sa valise dans la main – j'avais obtenu ce privilège je ne sais trop pour quelle raison, peut-être parce que j'étais plus blessé que les autres et que cela se voyait à ma pâleur. Eléonore marchait à mon côté, le long de la route, sous le soleil d'automne.

A la gare, le train était déjà à quai. Sans perdre de temps, presque affolée à l'idée qu'il puisse partir sans elle, elle s'est dirigée vers le contrôleur, lui a présenté son billet, puis s'est retournée vers nous et nous a adressé un signe d'adieu. Dans sa hâte, elle avait oublié sa valise. Je me suis précipité vers elle et la lui ai tendue sans un mot. Elle m'a remercié, puis a disparu à l'intérieur du wagon, au milieu des autres voyageurs. Une fois dans son compartiment, elle s'est penchée à la fenêtre et nous a lancé un dernier regard. Elle était si belle en cette journée d'octobre que j'ai cru défaillir. Elle portait un tailleur vert pomme, un corsage de couleur crème et un chapeau de feutre qui tentait en vain d'emprisonner ses cheveux que le vent agitait.

– Tu es sûre de ce que tu fais ? ai-je eu le courage de lui demander.

– Oui. Je dois partir.

– Pourquoi donc ?

– C'est mon secret.

Et puis ce fut la fin. Il y eut un long sifflement, le fracas d'une locomotive qui se met en marche, le vide, l'absence, le manque déjà. Le train s'éloigna à l'horizon, et ce fut comme si j'étais pris de vertige et que la terre se dérobait sous mes pieds.

Quelques mois plus tard, la guerre prit fin. Il nous fallut du temps pour comprendre que la vie, au village, ne serait plus jamais la même. Du temps, également, pour reconstruire les choses, les routes détruites comme les ponts brisés, les amitiés dévastées comme les confiances perdues. Cela nous prit des années d'un labeur infini. Une fois les premières plaies pansées, il fallut réapprendre à vivre ensemble.

Nous vécûmes alors un temps de paix si fragile et si inattendu que nous n'osions pas encore le toucher du doigt, de peur de le voir se dissiper comme un nuage de brume. Après tout, nous avions fini par la gagner, cette maudite guerre. Même si, pour moi, elle conservait un goût amer de défaite.

J'ai alors arrêté mes études, lassé d'attendre en vain cette bourse qu'on devait m'octroyer, et à laquelle je ne croyais plus. Ensuite j'ai obtenu cet emploi de secrétaire de mairie, sans doute parce que j'avais une belle écriture, et que je me plaisais à exécuter des pleins et des déliés pendant huit heures d'affilée sans jamais me plaindre. Je ne savais pas que je l'occuperais pendant plus de quarante années consécutives. Un métier comme un autre et qui, tout en me rapprochant des gens, m'éloignait du monde.

Malgré ce travail, je n'ai jamais cessé de penser à Eléonore. J'étais conscient que je ne me remettrais jamais de cette perte. Et que nous avions tout gâché. Peut-être était-ce sa faute à elle, d'être partie si vite, presque sur un coup de tête. Peut-être la mienne, de ne lui avoir jamais confié mes sentiments. Ou simplement était-il trop tard pour nous deux. Et pourtant je savais que jamais je n'aimerais quelqu'un comme je l'avais aimée. Qu'on le veuille ou non, nous subissons tous un jour ou l'autre une cruelle défaite. La mienne avait pour nom Eléonore Verdussen.

Par la suite, quelques occasions de me racheter se sont bien présentées à moi, qui se nommaient Alice, Camille, Albertine. Autant de conquêtes possibles qui auraient estompé ce souvenir cuisant. Mais par aveuglement, je n'ai su ni voulu les saisir. Je persistais dans mon orgueil à croire que tout demeurait encore possible. Eléonore Verdussen allait revenir, c'était certain. Elle ne pouvait partir ainsi. Elle avait besoin de changer d'air. Cela pouvait se comprendre. Mais j'étais persuadé qu'après quelques semaines, quelques mois tout au plus, elle se languirait du pays et reviendrait parmi nous. Peut-être pas au café, derrière le comptoir, mais ici, dans le village. Pour moi, c'était une évidence.

Ce jour-là, le jour de son retour, tout serait plus facile. Le temps aurait fait son travail de fossoyeur, et il serait aisé d'oublier les maux anciens. Oublier qu'il y avait eu la guerre. Oublier nos morts et nos fusillés. Oublier qu'elle était presque une veuve et moi presque un assassin.

Ces chimères dont je me suis bercé longtemps, je les ai complétées un jour par l'écriture d'une lettre adressée à Eléonore Verdussen. C'était deux ou trois ans après son départ. En plein hiver. Une idée comme une autre. Et qui m'est venue un soir, par hasard, après une journée de labeur d'écriture à la mairie, à force de ressassement et de solitude.

En vérité, ce n'était pas une lettre ordinaire, mais un poème.

Eléonore,

J'ai tant rêvé de toi que tu perds ta réalité.

Est-il encore temps d'atteindre ce corps vivant et de baiser sur cette bouche la naissance de la voix qui m'est chère ?

J'ai tant rêvé de toi que mes bras, habitués, en étreignant ton ombre, à se croiser sur ma poitrine, ne se plieraient pas au contour de ton corps, peut-être.

Et que, devant l'apparence réelle de ce qui me hante et me gouverne depuis des jours et des années, je deviendrais une ombre, sans doute.

O balances sentimentales.

J'ai tant rêvé de toi qu'il n'est plus temps sans doute que je m'éveille. Je dors debout, le corps exposé à toutes les apparences de la vie et de l'amour, et toi, la seule qui compte aujourd'hui pour moi, je pourrais moins toucher ton front et tes lèvres que les premières lèvres et le premier front venus.

J'ai tant rêvé de toi, tant marché, parlé, couché avec ton fantôme qu'il ne me reste plus, peut-être, et pourtant, qu'à être fantôme parmi les fantômes et plus ombre cent fois que l'ombre qui se promène et se promènera sur le cadran solaire de ta vie.

C'était un beau texte, avec de beaux mots bien choisis, d'une élégance surannée, des mots de poète élégant et stylé et qui, bien sûr, n'étaient pas de moi. Je n'aurais d'ailleurs su l'écrire, ce poème, je n'ai jamais eu de talent pour ces choses. Ce texte était d'un certain Robert Desnos, un jeune surréaliste dont je venais de découvrir les œuvres, et qui était mort dans un camp de concentration en Tchécoslovaquie, à la toute fin de la guerre. Encore un qui avait souffert, et qui ne reviendrait jamais, et n'écrirait plus des phrases aussi belles.

Ces mots empruntés à un mort, je les ai couchés sur un papier de Chine au grain très fin et agréable au toucher, comme une étoffe de soie. La calligraphie également était soignée. En somme, c'était une lettre superbe, de celles qu'on rêve de recevoir toute sa vie et que, par malheur ou par manque de chance, on ne reçoit jamais. Cette lettre, comme tant d'autres courriers jetés au hasard dans l'océan des postes, je l'ai envoyée à la seule adresse que je possédais et que j'avais arrachée au nouveau propriétaire du café, contre la promesse d'une tournée générale.

A mademoiselle Eléonore Verdussen
17, impasse des Fleurs
Namur
Belgique

La lettre ne me fut jamais retournée, ce qui laissait augurer qu'au moins elle n'avait pas été égarée dans le labyrinthe de l'administration postale. Sans doute Eléonore l'avait-elle reçue, lue, relue et s'apprêtait-elle à me retourner une réponse.

Chaque midi, lorsque je quittais la mairie et retournais déjeuner chez moi, je guettais le passage de Barachin, le facteur, avec une avidité grandissante. C'était presque devenu un jeu entre nous. Dès que j'entendais tinter la sonnette de sa bicyclette, je me précipitais au-dehors avec une joie à peine contenue. Barachin, sans même descendre de son vélo, m'adressait un bref salut, fouillait dans sa sacoche, puis me tendait mon courrier. Ensuite, rien. Je veux dire qu'il ne se passait rien pendant quelques secondes. Lui ne bougeait pas, dans l'attente d'une bonne nouvelle. Il n'était pas pressé, puisque j'étais son ultime client, le dernier du village, et qu'ensuite sa tournée était finie et qu'il rentrait chez lui déjeuner à son tour. Aussi attendait-il. Et moi, je n'osais regarder les lettres que j'avais à la main, parce que je craignais que la seule qui m'obsédait n'y fût pas. Il me fallait reprendre mon souffle, puiser au fond de moi un courage que je n'avais plus, pour continuer la comédie. Car c'en était une, à n'en point douter. Et toujours la même : j'inspectais tour à tour chacun des plis, avec chaque fois un peu plus de consternation, jusqu'au dernier, qui n'était jamais qu'une facture de plus, ou bien un rêve de moins. Puis, voyant ma mine déconfite, le facteur demandait :

– Toujours rien ?

– Non, Barachin. Pas de nouvelles.

Alors, dans une moue de dépit, il me resservait toujours la même ritournelle :

– Si elle n'écrit pas aujourd'hui, elle écrira peut-être demain.

– Oui, Barachin. Demain, qui sait ce qui peut arriver…

C'était presque devenu un jeu entre nous. Les mêmes gestes désabusés, les mêmes lieux communs. A chaque déception, il restait tout de même une lueur d'espoir. Demain, avec un peu de chance, il y aurait une lettre d'elle. Et alors toutes ces journées d'attente s'effaceraient d'un seul coup, et il n'y aurait plus dans le ciel qu'un soleil radieux qui inonderait le monde.

Parfois, Barachin m'apportait une lettre qui constituait, parmi l'océan de factures et la mer des cartes postales, une île singulière : un mot rédigé d'une fine et élégante écriture féminine. C'était alors des transports de joie, un sursaut, une attente, puis le cérémonial de l'ouverture de la fameuse missive à l'aide d'un coupe-papier en argent dont je ne me séparais jamais. Mais une fois l'enveloppe soigneusement ouverte, la lettre retirée et dépliée, l'espoir était à nouveau déçu.

Je découvrais alors avec amertume que ces missives trompeuses n'émanaient pas d'une province belge, mais de quelque région méridionale où une tante éloignée, une nièce ou une cousine me donnaient des nouvelles de leur santé en imitant, bien malgré elles, l'écriture délicate et stylisée d'Eléonore Verdussen.

Ces jours-là, la déception était plus cruelle encore, car je tombais de haut. Alors, maudissant en secret cette tante ou cette cousine de me donner des nouvelles dont je n'avais que faire en cet instant précis, je faisais illusion une fois encore, arborais un faible sourire, saluais Barachin puis rentrais bien vite à la maison prendre mon repas. Là, à l'abri des regards, je prenais connaissance du courrier du jour et, tandis que je lisais ces mots qui n'étaient pas ceux que j'avais espérés, cette écriture qui n'était pas celle d'Eléonore, tout sombrait dans la noirceur de l'encre.

L'après-midi, je retournais à la mairie et, tout en remplissant les registres de la commune avec un soin infini, j'espérais que le lendemain la chance me sourirait enfin.

En vérité, je me berçais d'illusions. Cette lettre, je ne l'ai jamais reçue, pas plus qu'Eléonore Verdussen n'est revenue s'installer au village. Cela, je ne l'ai pas accepté tout de suite. Je m'y suis résigné plus tard, bien plus tard, lorsqu'il n'était plus temps de rien.

C'est alors que j'ai pénétré dans le marécage des regrets et de la solitude, me rongeant l'âme et les sangs à longueur de journée, ressassant ma vie, ce qu'elle aurait pu être et, surtout, ce qu'elle ne serait jamais. Dès lors, je me suis enivré de remords, seul, dans un monde où plus personne ne m'attendait. L'idée de me suicider par amour m'a même effleuré. Absorber du poison, se pendre, ou que sais-je encore. Mais je ne savais trop comment m'y prendre. Même pour cela, le courage me manquait.

Ensuite, plus rien n'a été pareil. J'ai commencé à vieillir lentement et à me recroqueviller sur moi-même, comme une bête dans sa tanière et qui refuse de voir le monde extérieur. En dehors de mes heures de travail, je ne sortais presque plus de chez moi, ne me rendais plus au café. J'étais en marge de l'existence, ne comprenant plus rien au grand mystère des autres. Muré dans mon silence. Dans le deuil de mon désamour. C'est ainsi que j'avais nommé ce bonheur auquel je n'avais pas eu droit.

Pendant toutes ces années où je n'ai cessé de penser à Eléonore, je suis passé à côté de bien des choses. C'était peut-être une belle preuve d'amour, cette fidélité à une passion de jeunesse, mais c'était aussi une énorme bêtise. Un aveuglement. A force d'attendre en vain, je n'ai pas vu le temps passer, et la vie s'enfuir comme une étoile filante dans un ciel d'été.

Toutes les jeunes filles auxquelles j'aurais pu prétendre au temps de ma jeunesse ont fini par se lasser de mon entêtement et de ma folie. Et en premier, Valentine Fontbrune.

Malgré les liens qui nous unissaient, je me suis longtemps désintéressé d'elle. Lorsque je me suis souvenu qu'elle existait, et qu'elle ferait un bon parti, il était trop tard. Elle était déjà mariée avec le notaire d'Albertville, un certain Daumale, lui-même fils et petit-fils de notaire, à qui elle allait donner trois beaux enfants en échange d'une belle situation et d'une vie confortable dans une demeure bourgeoise de la ville. Ce Daumale, qui semblait si triste et si sérieux dans son costume noir qu'on l'aurait pris pour un employé des pompes funèbres, n'était pas beau de visage. Mais sur lui ça ne se voyait guère, ou si peu qu'on n'y prêtait pas attention, vu que là d'où il venait il pouvait arborer en toute circonstance la figure de celui qui a de l'argent, qui en a eu, et qui en aura toujours, ce qui a le pouvoir d'effacer bien des choses. Epouser un homme né avec une cuillère d'argent dans la bouche rassurait un peu Valentine qui, contrairement à moi, s'était toujours souciée de son avenir.

Lorsque je l'ai croisée dans la rue, quelques années après la guerre, et que j'ai découvert qu'elle était une femme, de surcroît bientôt mère car elle portait alors son premier enfant, j'ai eu un choc terrible. J'ai compris que le temps avait passé, comme la chance, et que désormais je ne me marierais plus.

Ce jour-là, nous avons échangé quelques phrases de politesse, des évocations du passé, quelques rires aussi, mais au fond je voyais bien que nous étions devenus des étrangers l'un pour l'autre. La dernière fois que nous avions eu un échange un peu sensuel, c'était le matin du drame, le 14 août 1944, autant dire dans une autre vie. Je lui ai parlé de ce matin-là, je ne sais pas pourquoi, sans doute par nostalgie, parce que je croyais pouvoir revivre cet instant de grâce. Mais Valentine, elle, ne désirait pas l'évoquer, ou bien pas de la manière dont je l'entendais, car elle a soudain changé de conversation :

– Et Julien Roche, qu'est-il devenu ?

C'était une question judicieuse. Qu'était donc devenu mon meilleur ami ?

Pendant longtemps, il n'avait plus eu d'identité réelle. Pour l'administration française, il était mort fusillé par les Allemands au soir du 14 août 1944.

Au lendemain du conflit, la mairie vota un budget pour l'édification d'une stèle à la mémoire des victimes de la guerre. Un bloc de marbre, dans lequel furent gravés les noms de nos trépassés, fut érigé sur la place principale du village. C'était un geste honorable. Mais personne n'avait pensé aux vivants. Et encore moins aux survivants. Ceux qui restent sont bien souvent plus à plaindre que les disparus.

Sur la stèle commémorative, encore en place aujourd'hui, il est écrit ceci :

A la mémoire de
Thierry Lafaille
Eric Charvin
François Roche
Julien Roche
Fusillés par les Allemands en août 1944

Chaque fois que Julien Roche devait passer sur la place de l'église, il baissait les yeux, comme si le fait de voir son propre nom inscrit sur une tombe l'effrayait plus que l'idée de la mort elle-même.

Pendant cette période, il se battit comme un beau diable pour reconquérir ce que la bêtise des hommes lui avait volé : le droit de redevenir un être vivant. Sa quête identitaire, hélas, ne fut qu'un long chemin de croix. La vie ici-bas est parfois sérieuse et triste comme un formulaire à remplir. L'administration est un ventre qui avale nos rêves, une plante carnivore qui digère nos vies d'insectes laborieux. Les huissiers, les juges et les avocats ne sont que les acteurs d'un théâtre d'ombre qui absorbent jusqu'au moindre écu de votre poche et vous laissent, pantelants et hagards, en bordure de misère.

Julien Roche, lui, fut l'un des forçats de la paperasserie, des courriers inutiles, des files d'attente et des rendez-vous manqués, l'une de ces victimes innocentes qui encombrent les couloirs de nos mairies et de nos préfectures. Il fut ballotté d'un service à un autre, sans qu'on le regardât autrement qu'en lui reprochant d'être vivant. Cela aurait été bien plus simple, en effet, moins incommodant pour tout le monde qu'il fût mort. Seulement, mort, il ne l'était pas. Il en était désolé, se tenait devant eux, tout en chair et en os, fier et droit, le regard franc et honnête, ne réclamant que son dû. Malgré tout, il demeurait un grain de sable dans une mécanique.

Ainsi est-il venu plusieurs fois à ma rencontre, au secrétariat de la mairie, dans l'espoir que je puisse le faire sortir de ce labyrinthe machiavélique. Entre ses larges mains de paysan, il tenait avec rage et détermination la lettre qui annonçait son décès et que sa mère avait reçue au lendemain de la guerre. C'était son sauf-conduit, son laissez-passer, son sésame pour la réalité qu'il réclamait à grands cris. Pourtant, il n'obtenait rien. Et le monde réel se dérobait chaque jour davantage.

Il fallut de nombreux mois et une quantité infinie de démarches pour que la justice réparât cette erreur de l'histoire. Pour qu'enfin Julien Roche redevînt un citoyen à part entière et recouvrât son identité. A force de lassitude, il avait presque fini par baisser les bras tant il paraissait évident que, depuis le début, il se battait contre des moulins à vent.

Le courrier salvateur finit par arriver au moment où Julien Roche ne l'attendait plus, un jour de printemps lumineux et prometteur comme une renaissance. Le facteur lui apporta une grande enveloppe de couleur beige avec, apposé en son coin droit, le cachet officiel de l'administration française. Ce n'est que lorsqu'il la prit entre ses mains qu'il en comprit la portée. Puis il la soupesa, la porta à son nez, huma sa forte odeur de vieux parchemin, la tourna et retourna dans tous les sens sans pouvoir se décider à l'ouvrir, comme s'il s'agissait de quelque relique. Ce manège dura de longues minutes d'un silence recueilli. Il était assis à la table de la cuisine, seul devant ce trésor qu'il n'osait plus atteindre. A ses côtés, le feu couvait sous les cendres et la chaleur du poêle lui procurait une délicieuse sensation de réconfort.

Enfin, après avoir hésité longuement, il finit par la décacheter d'un geste assuré. Il en sortit une large feuille de papier blanc dactylographié portant la signature du sous-préfet, et commença à la lire. Et au fur et à mesure qu'il lisait, les lignes noires dansèrent devant ses yeux, sa vue se brouilla et ses doigts se mirent à trembler. La lettre stipulait qu'il était vivant et qu'il recouvrait ses droits de citoyen. L'administration reconnaissait son erreur. Tout simplement. Cette lettre, il la lut plusieurs fois afin de s'assurer qu'il ne rêvait pas.

Le soir, lorsque mon ami vint m'annoncer la nouvelle, nous fêtâmes dignement cette victoire devant une escouade de verres de liqueur d'anis que nous eûmes l'audace de vider l'un après l'autre jusqu'au dernier, avec lenteur et sérénité, comme s'il s'agissait là d'une seconde vengeance.

En vérité, même avec l'assurance officielle qu'il existait de nouveau, Julien Roche demeura mort pour beaucoup de monde et, avant tout, pour lui-même. Depuis le drame, il n'était plus le même homme. Comme si sa mémoire s'était effacée un soir d'été, sur les bords d'un fleuve, lavée par l'oubli, rongée par le sel de l'amertume et du chagrin.

Ceux qui m'entouraient ont disparu, les uns après les autres, sans éclat et sans feu, sous les dalles de marbre du grand cimetière.

Mes parents sont partis quelques années après la guerre, l'un après l'autre, comme s'ils ne désiraient pas s'attarder sur cette terre qui ne leur ressemblait plus. Ma mère d'abord, à l'automne 1948, suivie bientôt par mon père, quelques mois plus tard. Rester seul lui était devenu un enfer.

Et puis a débuté l'interminable cortège funèbre. Brasier en 49, le docteur Bougrat en 50, Joseph Taillandier en 51, Mathurine Blanc en 53, jusqu'à l'abbé Presset en 54, qui lui avait plutôt l'habitude de regarder partir les autres.

Cela en a fait des enterrements, et des visites au cimetière qu'il a fallu bien vite agrandir parce que les morts n'y tenaient plus que debout.

Léopoldine Roche, bien qu'elle fût la plus vieille et la plus menue de tous, est partie la dernière, en 60. Elle est morte le lendemain de ses quatre-vingts ans, comme si par orgueil elle n'avait pas voulu partir avant cet âge.

Une fois sa mère disparue, Julien Roche a fini par se marier sur le tard, avec l'une de ces filles de la campagne qu'on dit jeunes et fraîches, et qui habitait une ferme voisine. Elle s'appelait Léocadie, Léocadie Barthélémy. Elle n'était pas très belle, mais on ne pouvait pas dire non plus qu'elle était laide. Et c'était une femme solide, qui travaillait aux champs de l'aube jusqu'au crépuscule sans jamais se plaindre. En cela, elle lui rappelait sa mère.

A l'époque, Julien avait quarante ans bien sonnés, et elle vingt-cinq. Ce qui faisait presque de ce mariage un miracle. Mais, en vérité, le miracle ne dura guère et mon ami n'eut pas plus de chance que j'en avais eu avec Eléonore.

En voulant ramasser du bois mort au bord d'un ruisseau, Léocadie glissa sur une pierre moussue et tomba dans les flots glacés. Lorsqu'elle revint à la maison, grelottante et tremblante, sa peau était déjà bleue et tout son corps exhalait une odeur d'herbes sauvages. Elle ne se remit jamais de cette chute et mourut trois semaines plus tard d'une fluxion de poitrine.

Dès lors, Julien Roche sut qu'il la rejoindrait bientôt dans la tombe.

Je me souviens avec émotion de la dernière journée passée en compagnie de Julien Roche. C'était un jour d'automne 1972. Il était désormais un vieil homme – du moins en avait-il pris l'apparence – mais il avait gardé son regard d'enfant, ce même regard que j'avais découvert sous le préau de la cour de l'école et qui m'avait incité à me lier d'amitié avec lui.

Nous avons passé la journée au milieu de ses vignes où, malgré le froid déjà vif, nous avons travaillé sans relâche à tailler les ceps. En fin d'après-midi, alors que la bise s'était levée, il m'a invité à me réchauffer auprès d'un feu de sarments, devant l'âtre du salon. Nous avons ouvert pour l'occasion un de ses derniers millésimes, un vin blanc que nous avons siroté à petites gorgées en évoquant de vieux souvenirs.

C'est là que, pour la première fois depuis bien longtemps, il a fait revivre une bien vieille histoire.

– Moi, j'ai quand même vécu deux années avec Léocadie. Mais toi, pourquoi n'as-tu jamais marié une fille du pays ? Et pourquoi as-tu laissé partir Eléonore Verdussen sans rien dire ?

Je l'ai regardé, étonné qu'il me parle de cela. Puis,

jugeant que je n'avais guère le choix, je lui ai tout dit. Absolument tout. Depuis le début jusqu'à la fin, sans rien omettre. Et surtout pas mon amour pour Eléonore, ni la mort tragique de Beaufort.

– Dans ce cas, m'a-t-il confié après m'avoir jeté un regard de pitié, il est vrai que c'était bien difficile.

Le soir même, la seule personne à qui j'avais tout avoué s'endormit pour ne plus jamais se réveiller. Je peux le raconter parce que j'étais là, à côté de lui. Julien Roche mourut dans son sommeil, tandis qu'au-dehors le ciel se couvrait de nuages blancs et cotonneux, chargés de neige.

Après le souper où nous avions éclusé deux bouteilles, l'une de chardonnay, l'autre de bourgogne, il s'est senti un peu las. Il s'est levé péniblement de table et m'a confié d'une voix blanche :

– Je ne me sens pas bien… Je vais me reposer quelques minutes… (Il s'est affalé sur le divan et a encore dit faiblement :) Je suis mort…

– C'est la fatigue, mon vieux. Tu ferais mieux de te coucher. D'ailleurs, je ne vais pas tarder à rentrer.

Il ne m'a pas répondu. Il dormait déjà, je crois, à poings fermés.

Je suis resté longtemps assis à la grande table de chêne, à finir mon verre, tout en regardant les braises encore rougeoyantes teinter l'âtre d'une douce lumière. J'ai pris tout mon temps parce que je me trouvais bien, devant ce feu de cheminée, avec la bise qui soufflait au-dehors en rafales et annonçait le début de l'hiver.

C'était un soir comme celui-là que Léopoldine Roche était morte. Un terrible soir d'hiver. Avec le même vent du nord. J'ai songé que, décidément, nous n'étions ici-bas que de bien fragiles pantins agités par des fils invisibles dans le seul dessein de distraire les dieux, et que cette comédie pouvait s'arrêter à tout instant.

Puis, un peu fatigué moi aussi par notre rude journée de labeur, je me suis levé de table à mon tour, prêt à partir.

– Je m'en vais, Julien. Tu ferais mieux de te mettre au lit. Le feu s'éteint et tu vas prendre froid à rester ici.

Mais il n'a pas réagi. Je me suis approché de lui afin de le secouer un peu. Et c'est là, à l'instant précis où j'ai aperçu son visage, que j'ai compris qu'il n'y avait plus rien à faire pour lui et que son sommeil serait éternel. Tel un gisant de plâtre, son visage était exsangue, son regard fixé au plafond, et ses mains recroquevillées sur sa poitrine qui n'exhalait plus un souffle. Il était passé de vie à trépas en quelques secondes, sans que je m'en rende compte.

Je n'ai ni crié, ni pleuré, ni même invoqué le Seigneur. Cela n'aurait servi à rien. Et puis je n'en étais pas à mon premier mort. Au fond, cela devenait une habitude.

Au moment précis où j'ai apposé ma main sur son visage, de gros flocons de neige se sont mis à tomber du sommet des étoiles, frappant sans bruit aux carreaux, comme si la nature désirait envelopper mon ami d'un linceul de silence et l'emmener en douceur dans l'autre monde.

C'est dans l'atelier de mon père que j'écris ce livre qui s'achève. Une pièce voûtée qui fut au départ une écurie où l'on enfermait deux chevaux de trait – il y a encore, scellés dans l'un des murs, les deux anneaux de fer auxquels on les attachait, comme pour témoigner de leur présence. Par la suite, elle devint une réserve où l'on entreposait sur de larges planches mal équarries les pots de confitures et de miel, les échalotes au vinaigre, les pâtés et les conserves. Enfin, elle se changea en atelier où longtemps trôna l'établi d'ébéniste de mon grand-père, que nous avions conservé.

Depuis, les choses ont bien changé. L'établi ainsi que les outils ont été transférés ailleurs. Les murs ont été chaulés, la porte et la fenêtre remplacées, et le chauffage installé. Maintenant ce sont les souvenirs que je conserve dans cette pièce, les images anciennes, les visages de ceux que j'ai aimés. J'ai rassemblé les photographies dans un grand album à couverture brune. Certains soirs, il m'arrive de rester des heures entières à les regarder, avec une nostalgie qui ne me quitte plus guère qu'au moment de m'endormir. Parmi elles, il en est une que je préfère plus que toutes les autres. Celle qui réunit Eléonore, Julien, François et moi devant le café du village. C'était en juillet 1944. Un mois avant la tragédie. Tous ceux que j'ai aimés et qui sont partis trop tôt. Mais on part toujours trop tôt pour ceux qui restent.

Il y a peu, j'ai retrouvé dans la bibliothèque le second exemplaire de l'anthologie de la poésie allemande que mon père avait achetée dans une librairie de Berlin. Cette découverte m'a procuré une grande joie, comme si avec cet ouvrage je retrouvais le visage et la voix de mon père. Je suis resté figé pendant de longues minutes, sans pouvoir me défaire de ce sentiment trouble qui m'assaillait. Je n'osais plus revenir dans le monde présent, tellement était doux celui des souvenirs. Alors j'ai ouvert l'ouvrage, au hasard, et je suis tombé précisément sur le fameux poème dont l'auteur était resté anonyme. Ce tombeau d'étoiles que je connaissais pour l'avoir entendu réciter à haute voix par mon père à de nombreuses reprises. Cela m'a causé un profond désarroi. J'entendais à nouveau le son de sa voix. Il était à nouveau devant moi. Vivant.

Avec ce livre, c'est tout un pan de ma vie qui m'a sauté au visage.

Depuis, les longs mois écoulés ont enfanté des mots et des phrases que, il y a peu encore, il m'aurait paru impossible de coucher sur le papier. Je ne sais si je fais bien, si cela apporte de l'eau à un autre moulin que le mien. Mais j'ai le sentiment de chanter les autres, tous les autres. Julien Roche, Valentine Fontbrune, mes parents, mes deux frères que je n'ai pas connus, Lafaille, Charvin, Beaufort, Mathurine Blanc, Bougrat, l'abbé Presset… jusqu'à ce Kurt Nagel que je n'ai jamais rencontré et qui, pourtant, partage avec moi ce poème d'un soldat inconnu. Sans oublier Eléonore Verdussen, dont je ne savais ce qu'elle était devenue.

J'aurais voulu dire que je les ai aimés comme je n'ai jamais aimé personne. Que sans eux je ne suis rien. Qu'un homme seul est un homme condamné. Mais il fallait le leur dire avant qu'ils partent. On ne dit jamais les mots qu'il faudrait à ceux qui nous entourent. Par pudeur, bêtise ou faiblesse. Après, règne le silence du trop tard. Irrémédiablement.

Quand je suis seul devant mes mots, je sens parfois leur souffle par-dessus mon épaule, comme une brise légère chargée de senteurs perdues et de parfums oubliés. Alors je sais qu'ils me regardent et qu'ils me jugent.

Je ne dis pas toute la vérité lorsque je prétends n'avoir jamais eu de nouvelles d'Eléonore Verdussen. J'en ai eu. Mais longtemps, bien longtemps après. Plus de trente ans se sont écoulés entre ma première lettre et la réponse que j'en attendais. Et ce ne fut pas une lettre. Mais la visite d'un inconnu.

Un jour de l'automne dernier, il y a plus d'un an, un jeune homme est venu frapper à ma porte. Il était grand, avec de beaux yeux sombres, et âgé tout au plus d'une trentaine d'années. Lorsque je lui ai ouvert et que je l'ai vu, debout sur le seuil, le visage grave, un visage que je ne connaissais pas mais qui m'a d'emblée paru familier, j'ai compris tout de suite que ce n'était pas quelqu'un d'ordinaire. Il a paru embarrassé, s'est éclairci la gorge, puis m'a demandé :

– Pardonnez-moi. Vous êtes bien Didier Vandœuvre ?

J'ai fait signe que oui en inclinant la tête.

– Je me nomme Jacques. Jacques Verdussen.

Comme je ne parlais toujours pas et que je restais là sans comprendre, ou plutôt que j'avais peur de la vérité, celle que l'on prend en pleine face, il a cru bon d'ajouter :

– Je suis le fils d'Eléonore Verdussen.

J'ai sursauté. Je l'ai toisé quelques instants comme pour déceler dans ses traits fins ceux de sa mère, et ceux de son grand-père dont il portait le prénom. Puis, comprenant qu'il ne mentait pas, je l'ai invité à entrer. L'ombre surgie du passé – car il s'agissait bien là d'elle – m'a suivi sans un mot jusqu'à la table de la cuisine où nous nous sommes assis face à face, puis dévisagés comme deux vieilles connaissances qui se retrouvent après des années de séparation. Et qui ne savent plus quoi se dire. Ou n'osent pas encore. Cela a duré un temps infini. Je me souviens de la boule énorme, oppressante, qui me contractait la poitrine. Puis, soudain, le souffle court, le visage congestionné, j'ai décidé qu'il était temps de crever l'abcès. C'est moi qui ai ouvert le bal :

– Comment va-t-elle, cette chère Eléonore, depuis toutes ces années ? A vrai dire, je croyais qu'elle avait à jamais disparu de ma vie.

J'ai dit ça sur un ton que je voulais décontracté. Mon interlocuteur a très vite compris que je jouais la comédie, et que je la jouais mal. Il a paru gêné et s'est balancé de droite à gauche sur sa chaise comme s'il était assis sur un lit de punaises. Puis il s'est éclairci la voix en portant la main à sa bouche et a dit d'une voix dont l'émotion était contenue :

– Elle est morte il y a trois mois de cela.

Il y eut un long silence entre nous, à peine perturbé par le tic-tac de l'horloge. Comme tant d'années plus tôt, lorsque je l'avais quittée sur ce quai de gare, j'ai senti le sol se dérober sous mes pieds. Et je me suis vu plonger dans un abîme infini, un vertige, une souffrance dont, depuis, je n'ai pu me défaire.

– Je suis désolé, je ne pouvais pas savoir… Toutes mes condoléances, monsieur Verdussen.

Cette formule consacrée, pour une femme qui avait tant compté pour moi, ce n'était pas bien malin. Mais, dans ces moments-là, l'intelligence vous fait défaut. Alors je me suis rattrapé comme j'ai pu.

– Mais… c'est pour m'annoncer cela que vous avez fait ce voyage ?

– Pas seulement, monsieur Vandœuvre. Pas seulement…

– Alors, dans ce cas, pour quelle raison ?

Il a paru contrarié, comme s'il cherchait ses mots, ou que le courage lui manquait, puis il a dit :

– Je suis venu ici pour que vous m'entreteniez de ma mère. Et aussi, un peu, de mon père.

Il m'a fallu un temps infini pour comprendre de qui il parlait. Cela faisait si longtemps qu'Eléonore était partie, il me semblait impossible de connaître le géniteur de cet homme…

– Votre père ? Mais qui donc est-il ?

– Était, crut bon de rectifier Jacques Verdussen. Lui aussi est mort. Et depuis très longtemps. Bien plus longtemps que ma mère.

– Dans ce cas, il me semble que je ne puis l'avoir connu, étant donné que votre mère est partie très jeune d'ici…

– Vous faites erreur. Son nom de résistant était Beaufort.

Il y a eu un blanc dans la conversation et j'ai été traversé de sueurs froides. J'ai cru un instant qu'il savait, que tout le monde savait ce qui s'était passé entre Beaufort et moi, et que ce jeune homme à la belle mise venait me faire expier mon crime. Pourtant, je ne sais par quel réflexe inné, je n'ai rien avoué.

– Je l'ai très peu connu, mon garçon, et je ne saurais que vous dire à son sujet.

– Ça ne fait rien. Parlez-moi de lui quand même. Ma mère m'a dit bien des choses à son propos. Et elle m'a confié aussi que si un jour j'avais besoin d'une oreille attentive, vous seriez là.

En fait, il ne savait rien. Je l'ai compris très vite. Car il me souriait. A moi, l'assassin de son propre père.

Ensuite, lorsque j'ai été en confiance, nous avons bavardé une heure ou deux de tout et de rien, un peu de Beaufort parce qu'il me le demandait, mais surtout d'Eléonore, et je lui ai appris tout ce que je savais, excepté l'inavouable. Au cours de cet entretien, j'ai compris bien des choses. Si Eléonore était partie à l'époque, c'était parce qu'elle était enceinte, et que le père de son enfant ne pouvait plus rien pour elle.

Je suis même allé jusqu'à dire ce qui, la veille, m'aurait paru impossible à formuler :

– Votre mère, si elle avait voulu, je crois que je l'aurais épousée, même enceinte d'un autre. D'ailleurs, peu après la guerre, je lui ai écrit une lettre, qui était en fait un poème, et dans lequel se déguisait une déclaration d'amour. Je ne sais si elle l'a reçue…

– Elle l'a reçue, ça, je peux vous le certifier. Elle m'en a parlé quand j'ai été en âge de comprendre. Je peux même vous dire qu'elle a longtemps hésité à vous répondre. Et puis elle a décidé de n'en rien faire.

Comme je paraissais affecté par cette réponse, Jacques Verdussen s'est expliqué :

– Ce n'est pas qu'elle ne voulait pas de vous, ne vous méprenez pas. Elle savait que vous l'aimiez et je crois qu'elle avait aussi des sentiments à votre égard. Simplement, elle a agi par orgueil.

– Je ne comprends pas.

– A cette époque, juste après la guerre, revenir au village avec un enfant sans père âgé d'à peine trois ans, vous comprenez, cela aurait fait mauvais genre. Et puis il y avait l'argent de la vente du café. Cela nous suffisait pour vivre tous les deux. En quelque sorte, elle n'avait besoin de personne, et surtout pas de renouer avec ses vieux démons.

Un long silence, puis il a continué :

– Mais si vous étiez venu jusqu'à elle, jusqu'en Belgique, alors là, je ne sais pas si elle aurait résisté. C'était tout de même une très belle déclaration que vous lui aviez faite, et certaines femmes sont sensibles à ces choses-là. En tout cas ma mère l'a été.

Je me suis levé de ma chaise, j'ai ouvert le buffet du salon, pris deux verres ainsi qu'une bouteille de liqueur et suis revenu m'asseoir en face de lui. Puis, après avoir versé à chacun une mesure de genépi propre à réveiller un mort, j'ai repris avec un peu d'amertume :

– Non content de me faire souffrir en évoquant ces vieux souvenirs, ce que vous tentez de me faire comprendre, c'est que j'ai raté ma vie parce que je n'ai pas fait l'effort d'aller chercher votre mère là où elle se trouvait ?

– Je suis désolé de vous accabler. Mais il s'agit de

la vérité. Si vous étiez venu à elle, elle ne vous aurait sûrement pas rejeté.

Il avait raison, mais c'était tout de même cruel de sa part, cet aveu. Cela voulait dire, en fait, que je n'étais qu'un imbécile. Et que tout, absolument tout, était ma faute.

Comme j'accusais le coup et que je me consolais en me resservant un verre, Jacques Verdussen a fouillé dans sa veste et m'a encore confié :

– Tenez, elle est pour vous.

Il m'a tendu une photographie sur laquelle une jeune femme, encore insouciante, souriait. C'était le portrait d'Eléonore.

– Elle voulait que vous gardiez un souvenir d'elle.

Comme j'hésitais, il a insisté :

– Je vous en prie, prenez-la. Elle y tenait vraiment.

Je n'ai rien dit pendant longtemps, sans doute ai-je failli renoncer à tendre la main vers cette photographie la représentant dans ce décor d'après-guerre, un décor dans lequel je n'avais et je n'aurais jamais rien à faire, vers celle que je haïssais tout à coup après l'avoir tant aimée, vers celle que j'aimais encore après toutes ces années, puis je me suis ravisé et j'ai fait l'effort de la saisir entre mes doigts.

Ensuite, je ne sais pour quelle raison, peut-être cette photographie sur laquelle Eléonore me souriait tendrement, ou la peur de mourir sans avoir pu alléger ma conscience, ou encore l'empathie qui me poussait vers cet homme, sans doute tout cela à la fois, j'ai avoué. J'ai avoué mon crime, là, devant ce fils qui était en droit de savoir.

– Votre père est mort par ma faute. C'est moi qui l'ai tué, sans le vouloir…

Il a jeté sur moi ses beaux yeux sombres qui se sont mués en un regard d'effroi, s'est lui aussi servi un verre d'alcool, a bu une gorgée qu'il a avalée d'un trait, et a dit :

– Je vous écoute…

Alors j'ai tout confessé. Absolument tout. Et pendant que je racontais ce qu'il s'était passé ce soir maudit d'août 1944, cette mort horrible, cet accident stupide, ce malheur, ce terrible malheur, j'ai imaginé que j'allais terminer mon récit et que j'allais mourir à mon tour, là, assis à cette table, étranglé par la main de ce jeune homme, une main pleine de vie et de force, une main qui enserrait ce verre avec tant de puissance que j'ai cru qu'il allait le briser et se retrouver la paume couverte de sang, blessé dans sa chair comme dans son âme, mais pas suffisamment pour résister à l'envie me serrer le cou et de serrer, jusqu'à m'étrangler. Pour que je meure à mon tour, et tout ça ne serait que justice. Mais il n'est rien arrivé de semblable. Jacques Verdussen n'avait pas le profil d'un assassin.

A la fin, lorsque j'ai eu fini de raconter, il y a eu un long, très long silence, que j'ai rompu par ces mots :

– Maintenant que vous savez, vous pouvez me dénoncer à la police.

Il m'a regardé, stupéfait, puis il a dit :

– Ne comptez pas sur moi pour ça. Ce drame, c'est du passé. Inutile de revenir là-dessus. Je vous remercie de votre franchise, mais croyez-moi, il vaut mieux oublier toute cette histoire. Ça ne fera revenir personne.

Il a ajouté ces mots qui m'ont remué les tripes :

– Et puis vous ne trouvez pas que, sous couvert de vengeance, il y a eu assez de morts comme cela ? Que se venger ne sert à rien qu'enfanter d'autres morts et d'autres drames ? Au fond, c'est mon père qui est à l'origine de tout. S'il n'avait pas attaqué ce convoi allemand, il ne se serait jamais rien passé et peut-être serait-il encore là aujourd'hui.

Un long silence, le dernier, puis Jacques Verdussen a conclu :

– Maintenant, je vous dis adieu.

Ensuite il s'est levé de table et s'est apprêté à partir comme il était venu, c'est-à-dire de manière imprévisible, comme une ombre du passé, un fantôme qui surgit et disparaît tout aussi abruptement.

– Vous ne restez pas ?

– Non, je dois reprendre le train de nuit. Et être demain à Paris, pour mon travail.

Je ne lui ai pas demandé quel était son métier. J'imagine qu'à son costume bien propre et bien taillé il devait travailler dans les bureaux, peut-être dans l'administration, voire dans un ministère.

– Et vous avez fait tout ce voyage pour me parler quelques heures ?

– Oui… il le fallait. D'ailleurs, je n'ai pas perdu mon temps. J'ai appris bien des choses en quelques heures.

Je ne pouvais le contredire.

– Et puis, a-t-il conclu, je voulais vous rencontrer. Tant que l'occasion se présente, que les gens sont en vie, il faut aller les voir. Même pour quelques heures, quelques minutes. Après c'est trop tard… (Il a ajouté :)

Vous n'êtes pas mon père, mais vous auriez pu le devenir.

Ce sont ces derniers mots qui m'ont fait le plus mal, qui ont résonné dans mon esprit jusqu'à me rendre malade de chagrin. Ce sont ces mots aussi qui, très vite, m'ont poussé à prendre la plume et à raconter.

C'était l'automne dernier. Il m'a fallu plus d'une année pour parvenir à écrire cette histoire. C'est beaucoup quand on songe à tous ces jours penchés sur le pupitre, et ces nuits blanches passées à relire. C'est peu pour écrire tout un livre. Mais le temps ne fait rien à l'affaire. Et je doute que l'éternité soit suffisamment longue pour que je puisse me faire pardonner.

Cette photo d'Eléonore Verdussen, je la contemple depuis un an, depuis que j'ai commencé à écrire. Chaque fois que je m'installe à ma table de travail, je l'observe quelques instants, je l'effleure du bout des doigts, comme on caresse un talisman afin d'y puiser l'énergie nécessaire à continuer d'avancer sur ce chemin étrange et déroutant que constitue la rédaction de ce livre.

J'ai également en tête le visage de ce fils qui aurait pu être le mien. Une ombre de plus. Comme si j'en avais besoin.

Je crois que, toute ma vie, je n'ai fait qu'effleurer des ombres alors que je croyais saisir à pleines mains d'éclatants soleils. Je n'ai fait que rêver ma vie au lieu de vivre mes rêves. Cruelle erreur. Et si j'ai tenté d'esquisser en quelques traits cette histoire d'amour manqué, de donner relief à la vie d'Eléonore Verdussen, à celle de Julien Roche, et à toutes les autres, c'est peut-être pour dissimuler les creux et les manques que comporte la mienne.

Il m'a fallu toute une existence d'homme pour tourner la vieille clef rouillée qui ouvrait sur le jardin secret de mon âme. Un territoire envahi par les herbes sauvages de l'oubli et le chiendent de la solitude. Un lieu que je croyais abandonné à jamais, comme une concession dans un cimetière où l'on ne vient plus. J'ai toujours été fasciné par l'âme humaine, par les gens et les blessures qu'ils cachent. Je crois que j'aurais pu être un bon confesseur, si je n'avais eu à me confesser moi-même.

Pourquoi ai-je vécu tout cela ? Pourquoi, surtout, ai-je survécu ? Pour raconter à mon tour ?

Toutes ces questions auxquelles j'ai tenté d'apporter des réponses depuis un an, je le sais désormais, c'était pour mieux vaincre la mort.

Pourquoi, dans la même nuit, ai-je tué un homme, et en ai-je sauvé un autre ?

Pourquoi ai-je aimé une femme qui était promise à un autre ?

Pourquoi ne suis-je pas allé chercher la femme que j'aimais et qui, à force d'habitude, aurait appris à m'aimer ?

Aujourd'hui encore, lorsque je longe l'Isère, à l'endroit où mon ami aurait dû mourir, où j'aurais moi aussi pu me jeter après qu'Eléonore fut partie, je suis saisi d'un vertige. Ce fleuve aurait pu être mon tombeau.

L'année touche à sa fin. Depuis quelques jours, un hiver de froidure s'est installé à nos portes comme un voyageur imprévu et tenace auquel je ne m'accoutume guère. En une nuit, les étangs et les cours d'eau ont gelé. Les champs de fleurs ont cédé la place aux champs de glace. L'herbe est devenue cassante, friable, les forêts humides et sombres, les chemins déserts et les hameaux abandonnés.

Sur la place du village, près de l'église, la fontaine ne coule plus. Elle semble une belle statue aux ciselures d'argent que nul soleil ne fera jamais fondre. Son filet d'eau pure s'est changé en une énorme stalactite éclaboussée de cristal. Au-dessus du bassin qui, tel un vaisseau immobile, attend avec patience le dégel pour appareiller vers d'autres rivages, le froid a formé une ancre de givre figée dans la pierre.

Dans le ciel, le soleil n'est plus qu'un écu d'or qu'un bain de nuages acides a terni. Le vent du nord qui souffle en rafales me cingle le visage comme un fouet à lanière de cuir qu'agiterait un cocher invisible. Et voici qu'apparaissent, sur les rochers et les arbres, les premières atteintes du mal lorsque se dessinent sur le silex et l'écorce les premières gélivures.

La forêt, de rouge foncé, a pris peu à peu le grisâtre de l'acier que seules les premières neiges illumineront. Mais il fait trop froid pour qu'il neige. Nos lèvres sont bleues, nos cœurs frissonnent et nos rêves se figent. Les jours déclinent, et avec eux nos élans et nos joies. Comme si nous aussi, avec le temps et les heures, nous glissions lentement sur les pentes d'une saison infinie.

Ailleurs, il existe des pays au climat tempéré, aux plages de sable blanc et aux jungles luxuriantes. Mais personne ne rêve plus depuis longtemps de s'embarquer vers des Argentines, des Patagonies et des Pérous lointains. Pas même le fantôme d'Eléonore Verdussen. Pas même moi qui reste seul, ici-bas, à me morfondre. Même les songes, lorsqu'on les délaisse, s'assèchent et dépérissent.

Ce matin, malgré le froid et la neige, je suis sorti de chez moi et j'ai marché sans but précis, seul, débarrassé de tout, même de mes plus vieux souvenirs. Je ne sais pourquoi je fais cela. C'est un coup à attraper la mort. Mais la mort, désormais, qu'est-ce que ça peut bien me faire ?

Je marche au hasard, et le hasard pour une fois fait bien les choses. Sans vraiment le vouloir, je me retrouve au bord de l'Isère, à l'endroit précis où, ce matin d'été 1944, ma vie et celle de quelques autres se sont arrêtées. Je reste longtemps à contempler ce paysage que j'avais presque fini par oublier. Rien n'a changé. L'eau est toujours à la même place, le ciel, les cailloux, les arbres, les poissons. Même sous cette glace. Même par ce froid de gueux. La vie continue.

Elle n'a jamais cessé de continuer, en dépit de tout ce qui s'est passé. Le fleuve coule d'amont en aval, et il coulera toujours dans ce sens, qui est celui de l'ordre du monde et des choses.

Aujourd'hui encore, je me demande s'il fallait raconter cette histoire. Même si, pour moi comme pour ceux qui sont partis, il n'est plus temps de rien. Si ce n'est celui des regrets.

Maintenant que je suis seul parmi les ombres, la question ne se pose plus. Les lampes du souvenir que j'ai allumées dans ma mémoire s'éloignent une à une, comme des bougies sur les eaux noires du passé. Je comprends alors que toutes ces lueurs, toutes ces étoiles brillant dans la nuit, sont autant de vies traversées, d'amours vécues, de rêves déçus, d'élans brisés. Comme si chacune d'elles était l'âme d'un être cher que j'emporte avec moi dans mon dernier voyage.

Voilà que je m'apaise. Je m'approche en silence du fleuve au bord duquel ma vie se tient en équilibre. Une douce lassitude me vient. Mes forces s'amenuisent.

Le premier contact avec l'eau glacée est une souffrance. Mais on s'habitue à la souffrance.

Je suis prêt.

Je n'attends plus rien que la délivrance. Je sais maintenant que, sur l'autre rive, me guettent et m'attendent ceux que j'ai aimés. Et qui me jugeront, comme je les ai jugés.

Bientôt, je ne serai plus qu'une ombre.

Une ombre dans un tombeau d'étoiles.

REMERCIEMENTS

Remerciements à Yvon Silvin dont le récit a, en partie, inspiré ce roman.

Du même auteur :

AUX ÉDITIONS ALBIN MICHEL

L'Apiculteur, 2000, prix del Duca 2001, prix Murat 2001.
Sagesse et malices de Confucius, le roi sans royaume, 2001.
Opium, 2002.
Billard Blues, 2003.
Amazone, prix Europe 1, 2004.
Tango massaï, 2005.
Le Labyrinthe du temps, 2006.
Les Carnets de guerre de Victorien Mars, 2008.

AUX ÉDITIONS ARLÉA

Neige, 1999.
Le Violon noir, 1999.

Composition réalisée par IGS-CP

Achevé d'imprimer en novembre 2009 en Espagne par
Litografia Rosés S.A.
08850 Gava
Dépôt légal 1re publication : juin 2009
Édition 02 : novembre 2009
Librairie Générale Française – 31, rue de Fleurus – 75278 Paris Cedex 06

31/2459/1